일단 좀 울고 시작할게요!

일단 좀 울고 시작할게요!

글 · 그림 달다

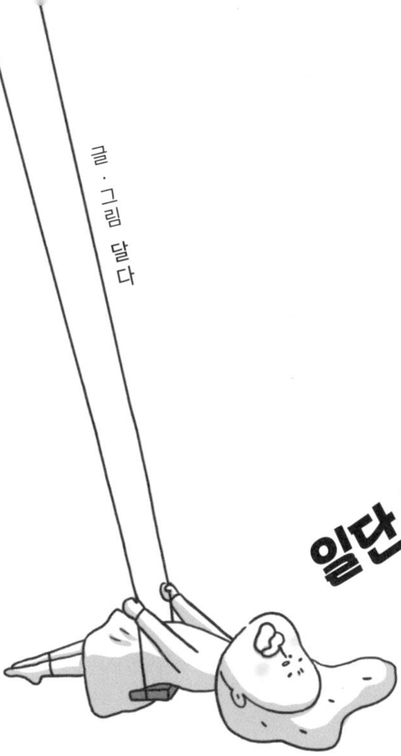

세계 평화도 중요하지만 내 마음의 평화가 더 절실한,
화 많은 평화주의자의 온화한 성장 에세이

DARK horse

프롤로그

'평화'의 동의어

편안하게 살고 싶었다.
적당한 직장을 다니고 적절한 월급을 받으며
비슷한 사람들과 괜찮은 식사를 하면
적정한 삶일 거라고 생각했다.

그렇게 무난한 길을 걸으면
화창한 평화가 이어질 줄 알았다.

하느님이 보우하사 온실 속의 화초처럼
무탈한 팔자를 타고났으면 좋았으련만…
불행히도 내 삶은 변덕이 심했다.

인생은 예상하지 못한 크고 작은 사고를
지뢰밭처럼 숨겨 두었다.
펑! 펑! 폭죽처럼 폭발음이 연발하던 시기에
더는 참지 못하고 주저앉고 말았다.

분명 세상이 알려준 표지판을 쫓으며 살았는데
자꾸만 상처 나고 추락하는 이유를 알 수가 없었다.

일단은 엎어져서 울기 시작했다.

베개에 코를 파묻고 이대로 사라져버릴까 생각했지만…
얼마 지나지 않아 정신을 차렸다.

쥐고 있던 해답지를 의심해야 했다.
아무래도 세상이 찍은 정답이 내게는 오답처럼 보였다.
낡은 답안지는 구겨 버리고 서둘러 내 길을 찾고 싶었다.
그러지 않으면 다시 무너져버릴 것 같았다.

벽돌처럼 두꺼운 철학 책을 밑줄까지 그으면서 정독했다.
독서와 명상 모임을 서너 개씩 가입하고 심리학 강의도 들었다.

깨트리고 비우고 다듬고 세우고 다시 부서트리고…

처음으로 이력서에 한 줄 남지 않는 일들에
열중하며 몇 년을 보냈다.

밥만 축내는 놈팡이나 반백수처럼 보였을 테지만
생애 가장 용감하고 치열하게 성장하는 중이었다.

그래서 평화에 이르는 길을 찾았느냐고?
모르겠다. 여전히 허우적대며 갈팡질팡하는 중이다.

다만, 조금 선명해진 것들은 있다.

평탄 대로에서 이탈한 오솔길을 발견하는 기쁨을 알았다.
가파른 오르막길에도 쉬었다 갈 그늘이 있음을 배웠다.
끝없이 계속될 것 같은 마른 사막의 모랫길은
종국에 촉촉한 흙길과 이어진다는 것을 믿게 되었고,
험난한 여정에서 내밀어준 동행자의 손이
유난히 귀하고 감사함을 느꼈다.

'평화'는 '편안함'과 동의어가 아니라
용기와 치유를 닮았다는 것을 알게 되었다.

얼마 전,
아주 오랜만에 옛 친구를 만났다.
한참 대화를 나누던 친구는
고개를 들어 찬찬히 나를 보며 말했다.

"지금의 네가 가장 평온해 보여."

차례

프롤로그 '평화'의 동의어 004

chapter 1.
혼자 남은 술래

사랑은 빈칸이 듬성한 시험지 같다 014
한순간도 혼자인 적 없었다 018
나의 고양이가 사라지는 날 028
나의 리본이 되어 줘 034
텅 빈 놀이터에 혼자 남은 마음 036
지구에서 온 전보 040
삽을 든 사람들 046
이런 새 같은… 052
외로움과 고독 056
예민한 건 뛰어난 거야 060
그렇게 누군가와 우리가 된다 064
나를 위해 당신을 염려한다 070

chapter 2.

쉽지 않은 어른의 길

농도를 찾는 과정 074

그랬다면 080

세상에는 모래알만큼 다양한 엄마가 있다 088

사랑받을 용기 092

버릴 것 하나 없는 아이 094

온 마을의 정성으로 자란 아이 100

오천구백원 104

인간이니까 106

마음 고르기 112

자연만 한 게 없다 116

chapter 3.

못 배운 친구와 덜 배운 친구

점점 깊숙한 사이 —— 122

성급한 배려 —— 128

신호가 필요해 —— 130

모자라고 기특하다 —— 136

나를 인정한다 —— 140

너와의 거리 —— 148

여기 있어 —— 152

위로만큼은 —— 154

부정적인 것이 아니다 —— 158

유머의 힘 —— 164

강한 사람 —— 170

연결되어 있는 것만으로 —— 178

chapter 4.

이렇게 정다운 너 하나, 나 하나

내 마음이 커질까 두렵다면 — 184

마음방 손님 — 190

서운한데 왜 화를 내 — 196

사람으로 열렸다 — 200

말을 믿을 수 있나요 — 208

충고와 결 — 212

지금도 빛나고 있습니다 — 216

쉼에 도전해 봐 — 222

일상의 수행자 — 224

아이는 매일을 여행하듯 산다 — 230

너의 흐름 — 236

Chapter 1.

혼자 남은 술래

01

사랑은
빈칸이 듬성한
시험지 같다

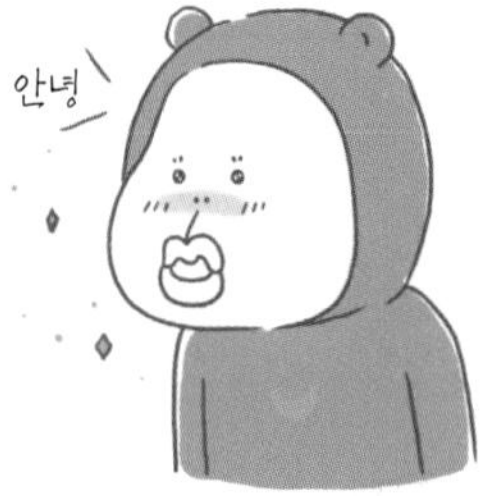
안녕

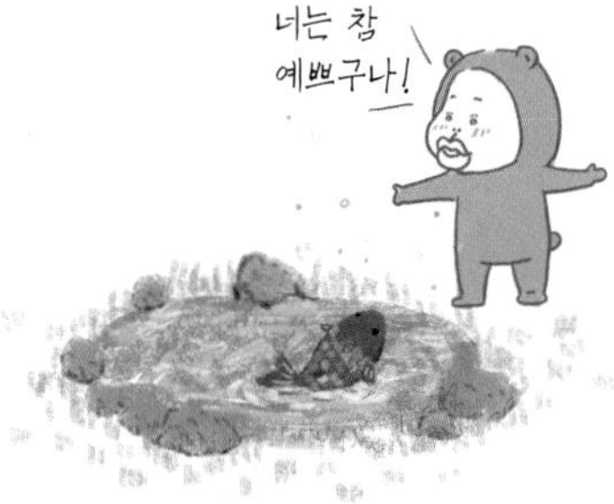
너는 참
예쁘구나!

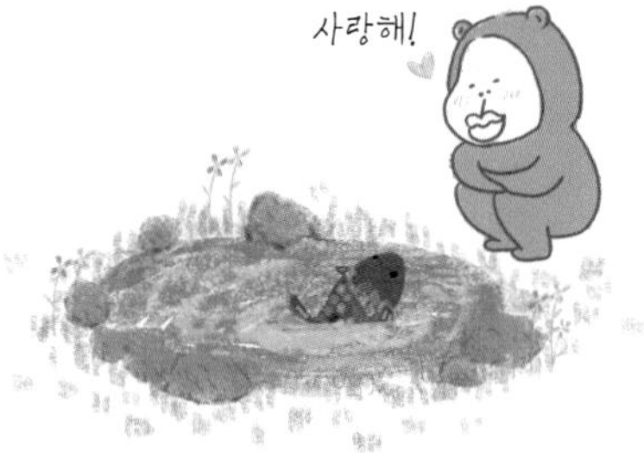
사랑해!

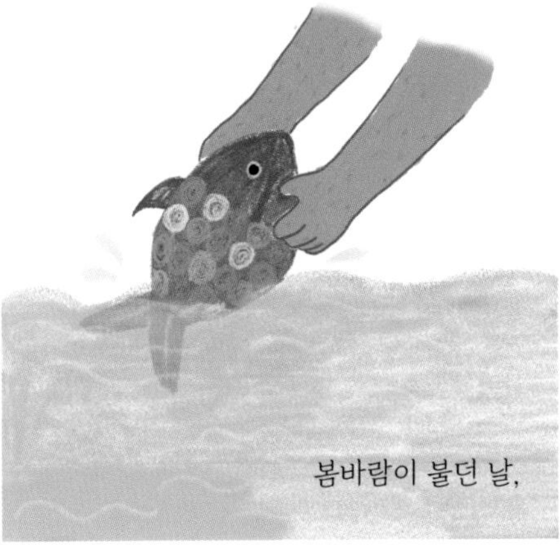
봄바람이 불던 날,

반달곰은 볕이 잘 드는 너럭바위에
물고기를 데려다주었다.

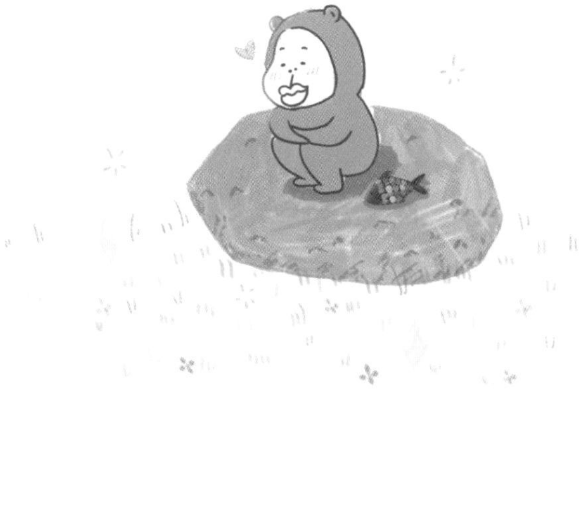

반달곰의 사랑은…

결국
불행하게 끝이 났다.

무지한 사랑은 위험하다.
그런 사랑은 깊을수록 난폭하고
상대가 연약할수록 치명적이다.

화초를 키우는 일부터
작은 고양이의 보호자가 되는 일,
제 목숨 같은 자식을 낳고 부모가 되는 일까지…

사랑을 하려면,
까다로운 시험을 앞둔 응시자가 되어야 한다.

사랑은 빈칸이 듬성한 주관식 시험지 같다.
아무 번호나 대충 찍어 함부로 넘길 수가 없다.

당신이 언제 행복한지…
어느 때 약해지는지…
왜 아프고, 어떻게 해야 편안해지는지…

상대의 손을, 머리를, 가슴을…
차근차근 더듬어 채워 가지 않으면 낙제점을 받고 만다.

02

혼자인 적 없었다
한순간도

새벽, 깩 하는 비명에 소스라쳐서 일어났다.

머리맡에 잠들었던 고양이가 거칠게 몸부림을 치고 있었다.
움켜쥔 손톱이 빠질 만큼 발작이 심하다.

무슨 일이야!!!
왜 그러는데!!!
푸덕
푸드덕

푸드덕대는 고양이를 끌어안은 채
파뜩하는 기억들이 빛의 속도로 스친다.

고양이가 오래도 산다는 친구의 목소리…
사람으로 치면 골백살은 되겠다는 우스갯말과
차츰 떠나보낼 마음의 준비를 해야 한다는
이모의 조언도 떠올랐다.

죽는 건가. 이렇게 갑자기… 안 된다. 아직은 안 돼…

입을 벌린 채 숨을 헐떡이는 모습이 마지막인 건 너무 가혹하다.
도장처럼 뇌리에 찍혀 평생 지우지 못할 자국으로 남을 것만 같다.

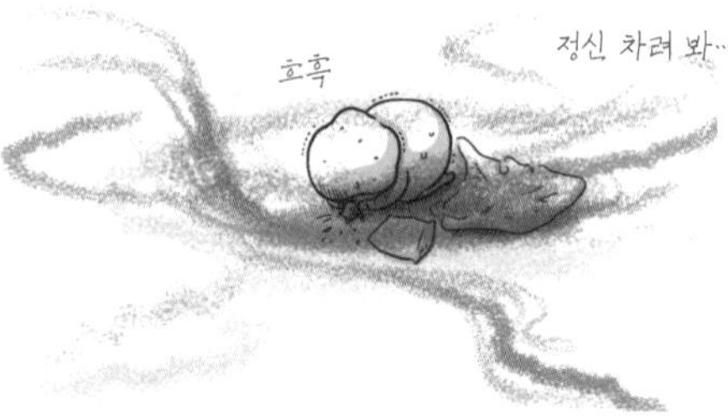

흐흑
정신 차려 봐…

지체할 시간이 없다.
왼팔로 고양이를 안고 오른손으로 24시간 응급실을 검색했다.
핸드폰이 눈물에 젖어 터치가 안 먹는다.
떨리는 손가락이 눌리는 대로 아무 병원을 찍어 전화를 걸었다.

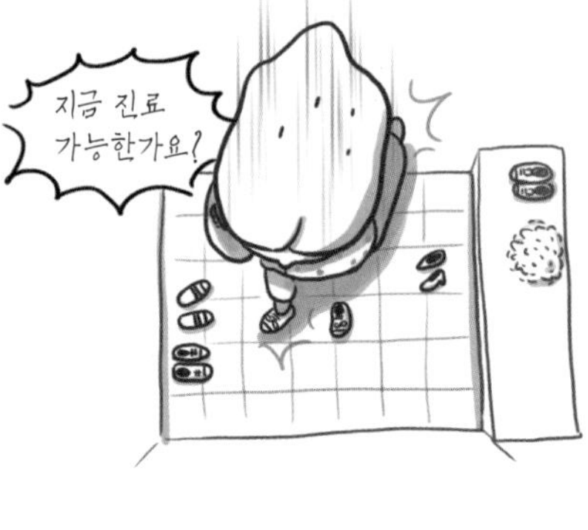

지금 진료
가능한가요?

닥치는 대로 옷가지를 붙들어
고양이를 둘둘 말아 응급실로 뛰었다.

눈물인지 콧물인지 모를 것들이
사정없이 흘러
품에 안은 고양이 털을 적셨다.

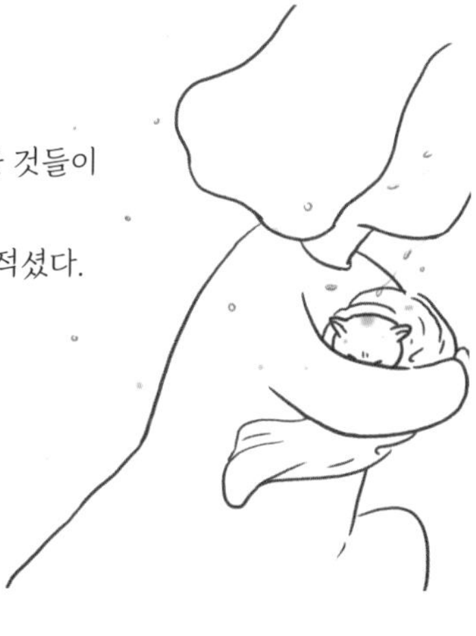

고양이는 점차 의식을 잃어
안긴 채로 똥도 싸고 오줌도 쌌다.
나도 고양이도 난리 범벅이다.
헉
헉
조금만 버텨줘!

병원에서는 사흘이 고비, 몹시 위험하다고 했다.
그럼에도 입원은 권하지 않았다.

경련은 좀처럼 잦아들지 않았고
가져온 내 옷을 덮어주면 겨우 의식을 찾았단다.

단 둘이 산 지 십칠 년…
내 곁이 가장 안정된 자리라 믿는 녀석이다.

보일러 올려놨어.
이불도 덮자.

집에 돌아온 고양이는 여전히 늘어졌다.
손가락에 물을 묻혀 마른 혀를 축여주었다.
약 기운에 금세 일어나 야옹~ 간식을 달라고 졸라 댈 것만 같다.

밤새 기적은 일어날 기미가 없다.
고양이는 점차 사경을 헤맸다.

흰 거품을 물고 입을 벌려 쌕쌕 힘겹게 숨을 쉬었다.
양쪽 동공이 풀려 각기 제멋대로 굴렀다.

괜찮아…
괜찮아…

손대면 바스러질까 들릴 듯 말듯,
나지막이 이름을 불렀다.

고양아…
끼
끼

살랑, 꼬리 끝이 희미하게 응답을 한다.

살랑

"사랑해"라고 속삭이니 한 번 더 살랑했다.

사랑해
살랑

너 없는 앞으로의 내 삶이 스쳐 지나간다.
하나둘… 조명이 꺼지는 느낌이다.

고양이, 너는 내게 얼마나 큰 사랑을 준 걸까…

나의 고양이는 평생 속 한번 썩인 일 없다.
이번에도 여지없이 기특하다.
고양이는 차근차근 기운을 냈다.

어느 날은 천천히 기어서 화장실을 다녀왔고
그다음 날은 주춤대며 일어서기도 했다.

여전히 픽픽 쓰러지고
꺼질 듯 멍한 얼굴이지만…
어쩔 줄 몰라 울어 대는 못난 집사가 마음에 걸려,
안간힘을 쓰는 듯했다.

한숨 내려놓았지만,
그럼에도 고양이가 잠이 들면 수시로 불안해졌다.
여린 몸이 여전히 숨을 쉬는지 확인하느라 종종거렸다.
들릴 듯 말듯 두근대는 심장 소리가 고마워서
옆에 누워 온종일을 지켜보기도 했다.

둘 사이에 줄어드는 시간이 아깝다.
하루하루 온몸으로 막아 세우고 싶은 심정이다.

돌아볼수록 더없이 완전한 행복이었다.
별 아래 누워 나를 보던 나긋한 눈빛,
총총 따라오던 발랄한 걸음.
밤이면 어둠 속에서 들려오던 다정한 숨소리도…

자꾸자꾸 더듬어 볼수록 아득해져
닳아 없어질까 겁이 날 만큼 아까운 순간들이었다.

*

인간이란 참으로 간사해서
숨 쉬듯 당연한 행복 따윈 잊고 만다.

간절해도 돌이킬 수 없음을 알았을 때,
비로소 나의 어리석음이 드러난다.

지독한 외로움을 불평하던 날에도
처연하게 혼자를 연민하던 때에도
고양이는 어김없이 나와 함께 있었다.

나는 한순간도 혼자인 적 없었다.

03

나의 고양이가 사라지는 날

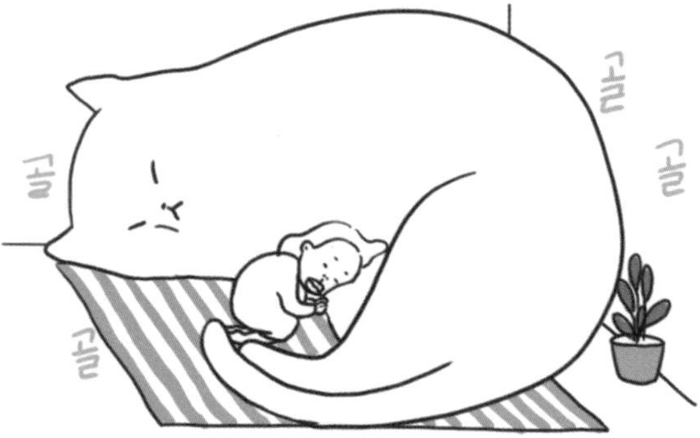

문득, 내 고양이의 나이를 세어 보면 겁이 나.
고양이가 사라진다는 건 상상할 수 없는 슬픔이거든.

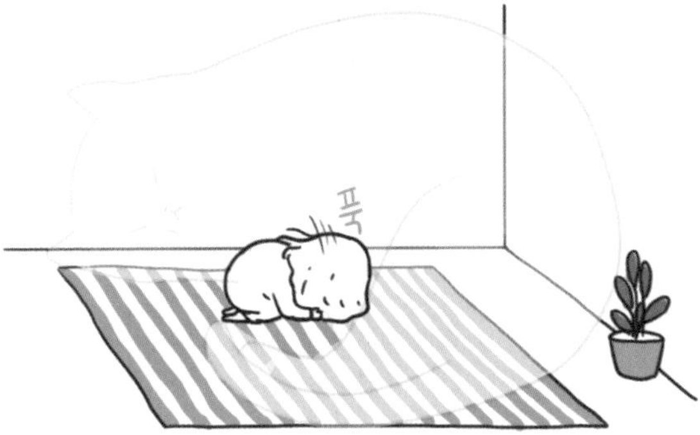

그치만 확실한 건
나의 고양이가 사라지는 날,
나는 분명 무너져 내릴 거야.

그러니 그날만큼은 누구든…
내 곁에 있어 줘.

그러니…

그날만큼은 누구든…
나의 집사 곁에 있어 줘.

타지에 혼자 살며 맞이한 유일한 가족,
나의 고양이.

개미굴 같은 원룸과 옥탑방을 번갈아 허덕이던 날들이었다.
밤낮으로 이력서를 쓰느라 정신이 혼미하던 취업 준비 시절,
비루한 주머니 사정으로 그럴싸한 간식 한번 사 주지 못해도
나는 고양이와 함께였다.

불면의 밤이면 곁에 누운 고양이의
앞발을 슬쩍 끌어당겨 잠이 들었고…

별을 받은 은빛 털이
들숨 날숨에 오르락내리락하는 모습을 보면
금세 마음이 편안해졌다.

갸르릉거리는 목덜미에 코를 파묻고
여린 진동을 느끼는 일도 좋았다.

내 삶이 흥망성쇠로 아찔하게 울렁거려도
나는 언제나 고양이를 지키는 보호자였다.
그 마음은 내게 의심 없는 의무였고 변치 않을 사명이었다.

나의 고양이는 올해로 열여덟 살이 되었다.
에메랄드빛 눈동자는 희끄무레 탁해졌고
날렵하던 걸음도 둔해졌다.

얼마 전, 고양이는 갑작스런 발작을 일으켰다.
미친 여자처럼 날뛰며 고양이를 안고 간 동물병원에서
뇌경색 진단을 받았다.

두려웠다. 시도 때도 없이 불안이 치밀어 올랐다.
그날로 모든 촉수는 고양이를 향했다.
고양이의 작은 움직임에도 경기를 일으키며 다가가 살폈다.

나의 지극 정성에도
고양이는 점차 왼쪽으로 고개가 삐뚜름히 기울었다.
축축한 눈곱이 자주 꼈고 다리를 절기도 했다.
어느 날은 죽은 듯이 잠만 잤다.

모로 누운 고양이의 생기 잃은 털을 바라보며
소리 없이 우는 날이 잦아졌다.

발을 동동 굴러 봐도 할 수 있는 게 없었고

점차 나의 무력함에 굴복하게 되었다.

하루가 다르게 희미해지는 고양이를
이제는 지킬 수 없다.

나는 더 이상… 나의 고양이를 지킬 수 없다.

*

반려동물을 사랑하는 순간부터
우리에게는 묵직한 미션이 시작된다.

나 없이는 살 수 없는 그들을
세상 끝날 것처럼 지키는 일과
나보다 빨리 사라져 가는 그들을
세상 끝난 것처럼 내려놓는 일.

지키려는 마음과 내려놓는 마음을
함께해야 하는 이 잔인하고 모순적인 과제를
이제부터 꾸역꾸역 해내려 한다.

나의 리본이 되어 줘

우리 고양이
상태가 점점 위태로워.
자식 같은 가족인데
왜 안 그렇겠어…
내 인생
역대급 고비야.
다들 마음의 준비를 하라는데
어떻게 해야 하는 건지 모르겠어…
못 해!
?
벌떡
마음의 준비 따위는
못 할 거라고…
지독하게
슬퍼하는 수밖에…
그치만 끝이 안 보이는 어둠도
그저 터널일 뿐이야.
시간이 흐르면
지나가게 될 거야.

그나마 준비할 수 있는 건… 곁에 있는 사람들에게 미리 알려둬.
깜깜한 고통은 오롯이 네 몫일 테지만…
적어도 출구를 알려주는 길잡이 리본 정도는 되어 줄 테니까.
넌 힘을 내어 그걸 따라 나와.

04

혼자 남은 마음 텅 빈 놀이터에

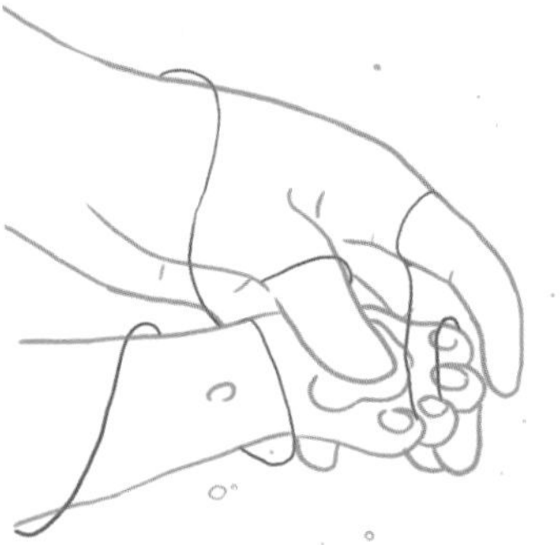

그리던 이별과 꼭 같은 모습이었다.
아끼고 아껴 너무나도 아까운 나의 고양이는
내 품에 안겨 자는 듯이…

벚꽃 흩날리는 4월,
봄바람처럼 가볍게 눈을 감았다.

괜찮다.
더할 나위 없이 완벽한 이별이었으니
그걸로 되었다.

…

슬픔으로 범벅된 봄이 지나고…
여름날의 뙤약볕에 미어지는 고통도
사그라드나 싶었다.

…

곧 바람이 제법 서늘해졌다…

가을 옷들을
꺼내야겠네…
삐걱

아?

몇 계절을 묵혀 둔
두툼한 카디건을 꺼낸다.

아직 남은
고양이의 흔적을 발견할 때면…

힛…
반가워,
냥이야.

보물이라도 찾은 듯 환해진다.

요놈 자식~
옷장에 들어가지
말랬는데...
뒤적
ㅋㅋㅋ
귀여워
뒤적
이럴 줄 알았어.
코트에도 털이 잔뜩이네.

그러다 순식간에…

냥이야,
어디 꼭꼭 숨었니.

텅 빈 놀이터에 혼자 남은
술래 같은 마음이 된다.

05

지구에서 온 전보

가끔 우주에 나 혼자 있는 게 아닌가, 싶을 때가 있어.

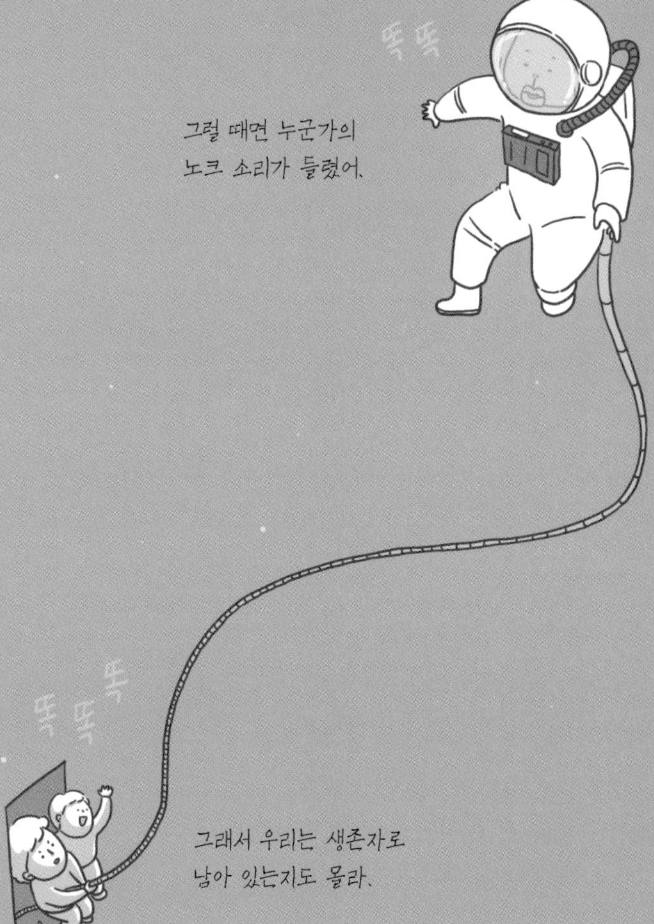
똑똑
110
똑똑똑

그럴 때면 누군가의
노크 소리가 들렸어.

그래서 우리는 생존자로
남아 있는지도 몰라.

"이 집 주인은 사람이 참 좋아."
부동산 아저씨는 연신 집 주인을 칭찬했다.
잠시 살다 떠날 집인데
보일러 짱짱하고 온수 콸콸 나오면 되는 거지
집 주인 인성이 뭔 상관이람.
보증금이나 안 떼어먹음 양반이지…
시큰둥하게 계약금을 입금했다.

당시에는 내 한 몸 누일 방 한 칸이 급했다.
빠듯한 자금에 맞는 옥탑방을 구해 한시름 내려놓았다 싶을 뿐…
옆집에 누가 사는지 주인이 어떤지는 관심 밖이었다.

이사 첫날,
내장이라도 쏟아낼 듯 입을 벌린 아귀처럼…
살림살이를 담은 박스들이 사방에 뚜껑이 열린 채 뒹굴었다.
치워도 치워도 끝이 없다고 한탄하며
온종일 꼬부렸던 허리를 펴는 순간,
누렇게 물때 낀 화장실 곰팡이가 눈에 들어왔고…
나는 한숨을 쉬며 휴지에 락스를 묻혀 곰팡이를 덮었다.

그때 주인 아주머니가 문을 두드리셨다. 듣던 대로 인상이 좋다.

아주머니는 아랫집에 산다고 했다.

주인이 바로 아래에 산다니 달갑지만은 않았다.

왜 그런 느낌 있지 않나.

제 발 저릴 것도 없는데 길에서 경찰차를 보면,

올라오는 묘한 불편함 같은 거…

나는 그저 재빨리 면접용 미소로 화답했다.

아주머니는 한가득 청소 도구를 챙겨 다시 노크를 하셨다.

혼자 하기 힘들 거라며, 비집고 들어오시더니

세면대도 닦고 가스레인지의 기름때도 닦으셨다.

그때의 기분은… 어렴풋하지만…

낯설고 황송했고… 조금은 반가웠던 것도 같다.

그날로 옥탑방에 안착했다.

그 시기에 나는 워낙 의기소침했다.

가족도 친구도 연을 끊고 혼자이고 싶었다.

온종일 방에 틀어박혀 있다가 늦은 새벽이면

슬그머니 산책을 도는 게 일과의 전부였다.

휴일에도 명절에도 그랬다.

이사하고 첫 명절,

민족의 대이동이 시작되어도 나와는 하등 상관없다.
배달 음식점과 가게들이 죄다 문을 닫으니 그저 불편할 뿐이다.

그날 오전, 아주머니가 문을 두드리셨다.
"전을 부쳤는데 맛있어. 좀 먹어 볼래요?"
아주머니는 양손으로 그릇을 받친 채 서 계셨고,
그 위에 전들이 곱게 줄 맞추어 누워 있었다.
나는 냉큼 그릇을 받으며 감사함을 표했다.
낯설고 황송했고… 조금은 반가웠다.
그다음 명절도… 다음다음 명절도…
아주머니는 전을 들고 문을 두드리셨다.

옥상에는 아주머니의 텃밭이 있었는데,
상추는 물론 오이, 고추, 양파, 블루베리, 호박까지…
여름이면 주렁주렁 열매가 그득했고,
나는 그 초록 덩굴의 장관에 마음이 좋았다.

아주머니는 언제든 따 먹으라고 하셨지만,
어쩐지 남의 물건에 손대는 기분이라 구경만 하고 말았다.
아주머니는 그런 나를 불러다 직접 열매를 따셨다.
허리를 수그리고 저 안쪽의 오이고추까지 한 주먹 따다가 먹어 보라면서 들려 보내곤 하셨다.

어느 날은 꽃 시장에 갔다가 내 생각이 났다며
로즈마리 화분과 데이지 꽃을 바리바리 두고 가셨다.
온 방에 상큼한 향이 피어올랐다.
봄볕이 내리면 강원도에서 직접 캐온 두릅을
초장까지 챙겨 건네주고는 환하게 웃으셨다.

아주머니의 미소를 볼 때마다 어쩐지 울컥했다.
난데없이 울음을 터트리는, 사연 많은 여자로 보일까 싶어
얼른 돌아서기 일쑤였지만,
한두 번쯤… 빨개진 코끝을 들켰던 것도 같다.

누군가 그러던데… 세상에 죽으란 법은 없다고…
우주 미아라도 된 듯 시커먼 쓸쓸함에 혼자 허덕이며
지독하게 외롭던 날… 내 인생 최악의 시기에…
나는 사람 좋은 집 주인을 만났다.

아주머니가 이따금 우리 집 문을 두드리면
지구에서 나를 찾는 전보 같아서 온기가 느껴지곤 했다.
낯설고 황송하고 반갑고… 먹먹하고 늘 고마웠다.

06

삽을 든 사람들

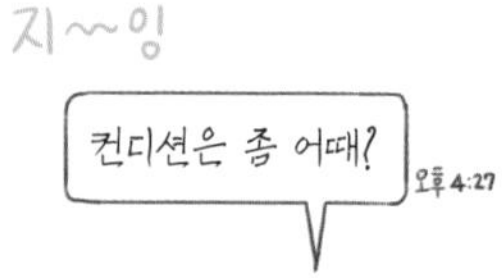

지~~잉
컨디션은 좀 어때?
오후 4:27

밥 사 줄게 나와~
오후 4:32
지~잉

염려하고…

띵~동~
5층 언니야~

우리 집 김장했잖아.
좀 먹어 보라고~

토닥이고…

네 책은 잘 보이는
곳에 둘 거야.

내가 달다 작가님
1호 팬이잖아.

다정하고…

왜 그리 놀라?
지갑 놓고 왔어?

일단 어여 먹어!!
담에 주면 되지~
동네 사람끼리
뭘 그랴~

따뜻하고…

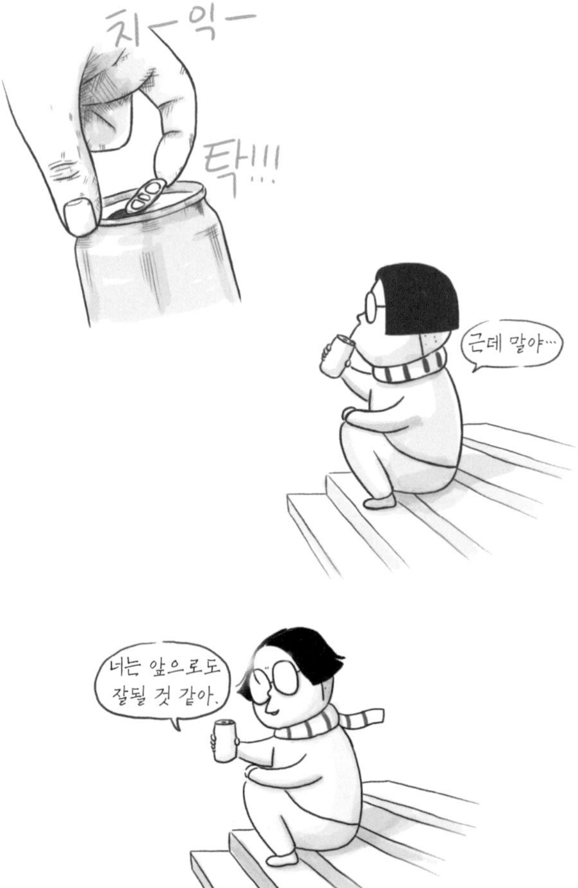
치—익—
탁!!!
근데 말야…
너는 앞으로도
잘될 것 같아.

나는 여지껏 좋은 사람을
수집하며 살았나 보다.

그냥 그런
믿음이 있어.
뭔 근거 없는
자신감이야ㅋㅋ

그리고 앞으로도
이렇게 살아야겠다.

내 촉이
좀 좋잖냐.

한 명, 한 명.
귀중한 곁을 채우면서…

한때는 인복 없는 팔자를 탓하며 살았다.
그런데 요즘은 주변에 좋은 사람이 자꾸만 늘어나는 느낌이다.
나이를 먹어 나의 자애로움이 넘실거려 그런가…
자화자찬해 보려다 아무래도 설득이 안 되었다.
생각해 보건대, 나의 집요함이 만들어낸 우연찮은 결실인가 싶다.

몇 년 전, 나는 스스로에게 극심한 권태를 느꼈다.
하는 꼬락서니도 마음에 들지 않았고
드는 감정마다 가시 돋쳐 불편했다.
내가 나를 데리고 살기가 버거웠다.
왜 이렇게 사는지 따져 묻지 않으면 견딜 수가 없었다.
나는 작정하고 끝없이 자문을 던지기 시작했다.

왜 불안한가. 왜 서운한가. 왜 눈물이 흐르는가. 왜 억울한가.
왜 분통이 터지는가. 왜 용서가 안 되는가.
왜, 어째서 나는 고집스레 물고 늘어져
사소한 일마저 사건으로 만들고 마는가.
왜 그래야만 속이 시원한 인간인가.
도대체 왜… 나는 왜 이렇게 생겨먹었나…
끝없이 파고 파다 보면 어떤 것은 답을 찾기도 하고
혼자서는 당최 알 수 없는 질문과 마주하기도 했다.

참지 못하고 주변에 답답함을 늘어놓으면,
쓸데없는 삽질로 힘을 뺀다며 지나치는 사람이 다반사…
운이 좋으면 반색하며 함께 삽을 꺼내는 사람을 만나기도 했다.
그렇게 점차 삽을 든 사람이 모여들었다.

한 삽 한 삽, 깊숙한 질문이 오간다.
피차 삽을 든 상대이니, 얼마든지 깊이 가도 좋다는
무언의 합의는 된 셈이다.
꼬리에 꼬리를 무는 설전이 시작되면
각자의 삽 끝에서 건져낸 벌거벗은 자신을 하나둘, 채굴했다.
깊은 지하에서 서로의 속살을 드러낸 관계는 엄청난 힘을 가진다.

그의 얄궂도록 미운 모습도 거칠게 포장된 껍질일 뿐.
그 속에 찢어질 듯 연약한 살갗을 보고 나면
어쩐지 안쓰러워 안아주고 싶어지기도 했다.
더욱 안도할 일은 삽을 든 그들 역시 나와 같은 마음이라는 것.
집요한 삽질이 서로를 향한 이해가 되고
이해가 사랑이 되는 과정을…
나는 이제야 어렴풋이 알게 되었다.
그래서 요즘의 나는 곁을 헤아리면
자꾸자꾸 마음이 벅차오르나 보다.

07

이런 새 같은…

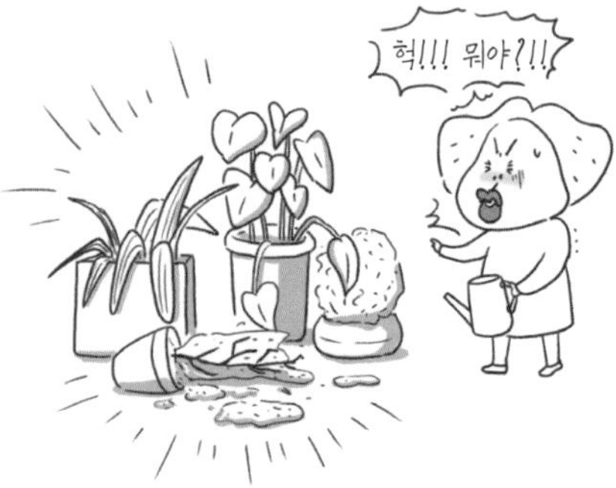
헉!!! 뭐야?!!

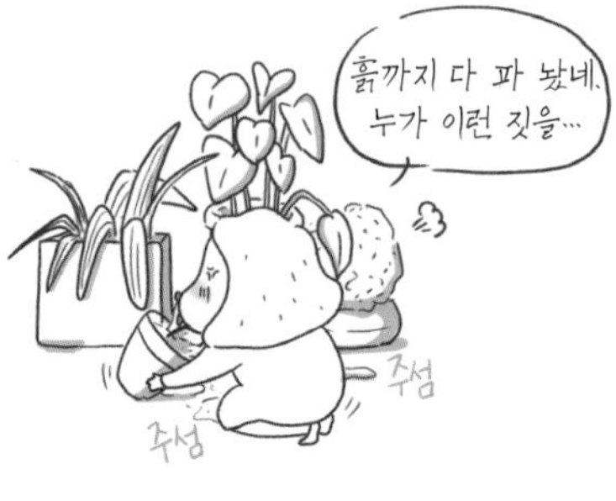
흙까지 다 파 놨네.
누가 이런 짓을…
주섬
주섬

헉!!! 또?
패대기!!!
어떤 자식이야!!!
하…놔!!
3층 아저씨인가…
떡집 할매인가…
킥보드 타는 그 학생인가…
잡히기만 해 봐라
다리몽둥이를 그냥 확
[redacted]를 [redacted]해 가지고
[redacted] 해 버린다.
삐-
삐-

푸드덕
전세
나와라,
범인아.

전세
어떤 놈인지
찾고야 말겠어.
척

전세
푸드덕
어떤
놈인지...

휘-릭
푸다닥
꼭… 찾…
찾았다!
뿌직
뚜둑

이런… 새 같은…

고작 새라니…
오만 가지 상상으로 온 동네 사람을 향해
삿대질하던 마음이 민망스레 가라앉는다.

세상 일을 멋대로 추리하기엔
나는 창의력 떨어지는 인간이 맞다.

외로움과 고독

톡
토독
후두두둑
이렇게 비 오는 날은 어쩐지 외로워…
후두두
너도 그런 적 있지?
아니, 전혀!
난 그저 고독할 뿐이야.
독한 놈…
음…
쏴아아아
톡

쏴아아
훛
두두둑
쪼로록
외로움이 혼자서는
버거운 쓸쓸함이라면…
톡
토독
고독은 혼자서도
충분한 쓸쓸함인가 봐.
그렇다면…
후
후~
나는 지금 고독이 맞아.
후훛
향이 좋군.
지금은 외롭지 않아도 돼.

딸깍
우산 없는데...
쏴아아아
COFFEE SHOP
허걱
어디야?
나 우산 없어.
COFFEE SHOP
안절
부절
웍!!!
차거...
COFFEE SHOP
COFFEE SHOP
근데 말이야
나, 외로운 적 없다고 했던 거

혼자서도 괜찮다고
큰소리치느라 몰랐는데 말이지…
COFFEE
실은…
누군가가 필요했던 거 같아.
어쩌면…
나도 자주
외로웠을지 몰라.

외로움만 느꼈던 이유는
혼자를 믿지 않아서였다.

고독만 느꼈던 이유는
누구도 믿지 못해서였다.

고독인지 외로움인지
물어주었다면
쓸쓸했던 내게 더
친절할 수 있었을 텐데….

08

예민한 건 뛰어난 거야

넌 그게 문제야!
뭘 그렇게 깊이 생각해. 그냥 생각을 멈추면 되잖아.
어휴, 피곤해.
쯧!!
쯧!!
넌 너무 예민해.
그래…
근데 어디서 이상한 냄새 나지 않냐?
누가 똥방귀를 쌌나?
?
크킁
킁
킁

뭘 그렇게 자꾸 냄새를 맡아.
그냥 후각을 멈추면 되잖아~
?
쫍!!
쫍!!
어휴,
피곤해.

넌 너무 예민해.

후각을 어떻게 멈춰!?
잉?!
생각도 같아.
쉽게 멈춰지는 게 아니라고.

나는 사람들의 감정에 쉽게 전염된다.
함께 흥에 겨워 하거나 함께 바닥을 치며 침울해지기도 한다.
다른 사람의 기분을 살피느라 하루를 망치는 날도 더러 있다.

서점에 가면 이런 나를 지적하는 책이 심심찮게 보인다.
침 튀기며 요목조목 짚어주는 상담사를 마주한 듯하다.
지침들은 하나같이 친절한 얼굴로 쿡 찌르며 말한다.
"너는 남의 눈치나 보는 자존감이 낮은 사람이다."
판사봉으로 땅땅땅, 두드려 맞은 듯 얼얼하다.
착잡한 마음으로 고개를 끄덕이지만 어쩐지 억울했다.
그치만 따박따박 변호할 궁책도 떠오르지 않았다.
나 역시 이토록 예민한 자신이 성가시던 참이었으니…
하여튼 뭐든 간에 문제가 있긴 한가 보다.

*

내 팔에 기대어 선잠을 자던 고양이가 눈을 번쩍 떴다.
어찌나 소음에 민감한지 창문이라도 열려고 하면,
깜짝깜짝 호들갑을 떨어 대니
보고 있는 나도 어수선해지기 일쑤다.

고양이는 사람보다 3배나 뛰어난 청력을 가졌다.
고양이의 세상이 얼마나 소란할지 안쓰러울 따름이다.
그러고 보면 뛰어난 능력은 피곤함을 동반한다.
뛰어난 만큼 예민하게 느끼고 쉽게 동요할 테니 말이다.

'그렇다면…!!!'
사랑하는 고양이를 옹호하다가
우연찮게 나의 변호사를 만난 듯 반짝했다.
나는 예민하다는 말 못지않게 따뜻하다는 말도 곧잘 듣는다.
아쉽지만, 너그러운 사람이어서가 아니다.
내 몫을 듬뿍 떼어다가 내어준 경우는 손꼽을 정도다.

다만 상대의 감정에 스며들어
내 것인 양 느끼는 일을 잘하는 편이다.
이 모습에 위안을 느낀 곁의 사람들이
나를 따뜻하다고 생각했을 터다.
나는 신이 나서 기억을 더듬기 시작했다.
나의 예민함이 쓸모 있었던 사례들을
날날이 뒤지다가 꽤 흐뭇해졌다.
그러다가 이토록 특별한 능력의 대가로 치르는 피곤함 정도야…
까짓것, 쿨하게 감당할 만하다 싶어졌다.

09

그렇게 누군가와
우리가 된다

친해지고 싶은 누군가를 만나면 내 연약함을 보여주게 돼.
약점 잡혀 이용당하기 십상이네.

음, 만약 다섯 명을 기준으로 치면…
한 명쯤은 약점 잡았던 거 같아.
거 봐!
세 명쯤은 무관심했고…
쯧쯧…
나머지 한 명은 정성스레 연민해줬어.
자신의 연약함도 공유해주고…

그 '진짜' 한 명은 곁에 남더라.

한 명 버리고 한 명 먹었으면 밑지는 장사는 아니었네.
그런가 ㅋㅋㅋ

그렇게 남은 한 명들이 내 곁에 점차 늘어났어.

지금은 밑지는 장사는커녕
꽤 남는 장사가 됐지 ㅋㅋㅋ
음…
아이고~
찌뿌드드하다!
헛둘 헛둘
다행이야…

사람을 만나는 일은 그야말로 '일'이다.
서먹한 사이일수록 피로는 배가 된다.

주기적으로 상대의 이야기에 몰두하고 있음을 알리기 위해
적절하게 '그렇군요~' '네네~' 같은 추임새를 가미한다.

침묵이 길어지면 불상사다.
헝클어진 서랍을 뒤지듯 허우적허우적 할 말을 끄집어낸다.
닥치는 대로 적막을 부수어야 어색함이 가실 것 같다.

그렇다고 아무 말이나 마구 던져서도 안 된다.
지극히 사적이고 무거운 주제는 난감할 수 있으니
염두하고 주의한다.

표정은 또 어떠한가.
친절하고 선하게… 그치만,
하염없이 상냥하여 유치원 선생님 같아 보이는 과잉은 안 된다.

겸손하되 굽신거리지는 않도록, 진중하되 딱딱하진 않게…
이것저것 따지다 보면 이도 저도 아닌 모습이지만
여튼 적절한 표정에도 애를 쓴다.

그렇게 시간을 보내고 나면,
운동장 몇 바퀴를 달린 것마냥 진이 빠진다.

*

이토록 어려운 누군가와 익숙한 '우리'가 되기까지,
서로는 무던히 기력을 소진하며 부대껴 왔다.

불편을 감수하고 함께 견딘 시간은 평온한 침묵을 허락했다.

허덕이며 이야깃거리를 찾지 않아도,
애써 표정 짓지 않아도 충분한 사이를 주었다.

서로의 색이 날것대로 묻어나도 거북함이 없다.
거북하긴커녕 천천히 짙은 물이 들어
자꾸만 결에 어울리고 싶어진다.

결코, 녹록지 않게…
기꺼이 결을 지켜낸 '우리'가 참으로 대견하다.

나를 위해 당신을 염려한다

꺄아악!
길을 걷다가…
깜짝
비명 소리가 들리면 덜컥 겁이 난다.
고막을 찢는 사이렌과…
119
삐용
삐용
질주하는 앰뷸런스를
보아도 마찬가지.
심란
심란
누가 다쳤나?
울고 있는 아이,
물건을 도난당한 여행객,
멱살을 쥐고 욕을 뱉는 싸움꾼…
뿌애앵-
웅성웅성
공기를 타고 흐르는 불행에
덩달아 전염되고 만다.

저기…
괜찮아요?
훌쩍
그래서 나는
남을 돕고 싶어지는지도 모른다.
주변의 평안이 나의 안정감을
지켜낼 수 있기에…
지극히 이기적이지만,
이기적이기에 강력하다.
뒤적
뒤적
나는 나를 위해
당신을 염려한다.
그러니 당신이,
우리가 행복하길 바란다.

Chapter 2.

쉽지 않은 어른의 길

01

농도를 찾는 과정

가즈아!!
용기이이!!!
폴짝

두다다다
두두두두

빵야
빵야
두두두두!!

푹!!!
허걱

풀썩

~~용기~~
무모함
쯧쯧...

신주우웅함!!!
준비
준비
후들
후들
초오오온비!!!

두둥!!!
Game Over

Game Over
신중함
미련함
쯧쯧…

그때 내게 필요했던 건,
용기였을까…

PC방
뭐 먹을래?

신중함이었을까…

PC방
순댓국

용기와 신중함 사이의 농도 조절은
무모하게 혹은 미련하게 실패를 거듭했다.

씁쓸한 후회가 남는다 해도
아직 그럴싸한 농도를 찾아가는 과정.

다음번엔 용기를 조금 더… 그다음엔 신중함을…
번갈아 섞어 가며 연습 같은 실전을 살아 볼 뿐이다.

02

그랬다면

엄마 미워!

나는 오래도록…
어쩌면 평생을
엄마와 애증하며 살았다.

엄마가 그랬잖아!! 내가 얼마나 서운했는데…

치밀어 오르는 날에는
예전 이야기를
끄집어내며 오열하곤 했다.

악을 쓰며 우는 모습이
나이를 똥구멍으로 처먹었나 싶다.

뿌애애
앵!!!
어휴, 지겨워! 아직도 그 얘기야!
저 기지배 속 좁은 거 딱 지 아빠 닮았어.

난 왜 이렇게 속이 좁지…
왜 이렇게 예민하지…

폭발하듯 감정을 토해낸 후,
어김없이 몰아치는 각성과
날카롭게 파고드는 자책…

찌질이, 찌질한 놈,
우주 최강 찐따 자식…

그런 날은… 어둠 속으로
한없이 무너져 내렸다.

나 예전에
무릎 다쳤던 거…
쿡!
딸기

비가 오면 아직도 아파.
너무 아프니까 짜증이 나서
악을 쓰면서 울었다니까.
호로록

깊은 상처는 후유증을 남기잖아.
네 마음도 그런 거 아닐까?

그러니까…
네가 아직까지 아픈 건 당연한 거야.

길어야 3개월. 아버지는 시한부 판정을 받았다.
의사와 면담을 끝낸 어머니는 나를 부르셨다.
무슨 기밀이라도 전하듯 소리를 낮추어 물으셨다.

아버지에게 이 비극적인 결과를 알려야 하는 건지
자신은 모르겠다고 했다.
열여덟 살의 내게 던져진 생애 첫 묵직한 질문이었다.
어른이 모르는 걸 내가 알 도리가 있나 싶었다.

어머니의 얼굴을 올려다봤다.
심란해 보였고 자신 없어 보였고 도움을 요청하는 것도 같았다.
내게 넘어온 결정권을 되돌려줄 수는 없어 보였다.

면밀히 시뮬레이션을 돌려야 했다.
나라면… 내가 아버지라면 어떨까?
예고된 죽음을 겸허히 받아들일 수 있을까?
영화 속의 성자처럼 차곡차곡 주변을 정리하고
빙긋이 웃으며 세상을 떠날 수 있을까…

못하겠다. 나라면 불가능한 일이다.
절망에 빠져 울고불며 식음을 전폐하고

삶의 의지를 놓아버릴 것 같았다.

아버지께 말하지 말자고 했다.
의사가 신도 아니고 설마 그대로 되겠나 싶었다.
그런 삼류 드라마 같은 일이 내게 일어날 리 없어 보였다.

그렇게… 가을이 왔다.
병실 창가에 은행잎이 노랗게 물들었다.
아버지 얼굴에도 점차 핏기를 잃은 황달이 번졌다.
노오란 눈으로 천장을 보고 누워
하염없이 사업 아이템을 중얼대는 그를 보면
내 결정에 자꾸만 의심이 들었다.

이루지 못할 바깥 세상의 꿈을
앙상한 손가락으로 꼽아 보는 그의 모습이 불편했다.
가을이 깊어질수록, 온 세상이 노랗게 바랠수록
아버지의 죽음은 또렷해지고 있었다.

은행잎이 우수수 쏟아지던 날,
아버지는 약속이라도 한 듯
3개월을 꼬박 채우고 숨을 거두셨다.

인간의 수명을 오차 없이 맞추어내는
현대 의학 기술에 놀랐고…
인생은 반전 없이 뻔해 빠진 신파극도
서슴없이 방영한다는 것을 알게 되었다.
그리고 묵직한 결정에는
죄책감이라는 족쇄가 채워진다는 사실도 알았다.
3개월일지 30년일지 기한조차 알 수 없는 사슬은
잊을 만하면 내 발목을 낚아채 조이곤 했다.

아버지께 거르지 않고 사실을 알렸다면…
그랬다면, 더 나았을까?
그랬다면,
초점 잃은 채 천장을 보던 아버지의 눈은 어디를 향했을까.

창밖에서 볕을 받은 은행나무를…
가을바람에 흔들리는 은막의 커튼을…
병실에서 초를 꽂은 그의 마지막 생일 케이크를…
당신 얼굴을 내려다보는 두 딸과 아내를 바라보았을까?

그랬다면,
아버지가 마른 손가락을 구부려 세던 것들이

숫자가 빼곡한 사업 아이템이 아니라
한 명 한 명 곁에 남은 소중한 사람들이 되었을까?

그랬다면,
목숨같이 아끼던 첫째 딸에게
마지막 인사 한마디쯤 나긋이 건네주셨으려나?

그랬다면, 적어도 나는…
그의 마지막 목소리를 유산처럼 마음에 묻고 살아갈 수 있었을까?

그랬다면,
설사 아버지가 식음을 전폐하고 삶을 포기하셨더라도
지극히 인간적인 그의 괴로움을
불편함이 아닌 연민으로 바라볼 수 있지 않았을까?

나는 아버지 인생의 마지막 기회마저
송두리째 빼앗아버린 것이 아니었을까?

그랬다면, 그랬다면…

나이를 먹을수록 정교해진 시뮬레이션은

툭하면 나를 과거로 끌어다 놓았다.
끈적한 시간 여행 후에는 이내 처연해졌다.
가끔은 날카롭게 검지를 세워 어머니를 가리키기도 했다.
책임을 떠넘긴 그녀를 비겁한 악역으로 몰아세웠다.

나의 지난날도, 앞으로의 진로도…
하다못해 짧은 여가 시간조차
그녀의 손안에서 쥐락펴락해 놓고는
내게 준 첫 번째 결정권이 그토록 가혹한 짐이었는지
따져 묻고 싶어졌다.

알고 있다…
이 글에서 마무리 지어야 할 뻔한 결말쯤은 나도 안다.
무력했던 그때의 어머니와 열여덟 살의 나에게
그만하면 충분히 수고했다고…
어쩔 수 없는 순리였노라고 토닥이며
발목을 파고든 족쇄를 끊어내는 홀가분한 결말 말이다.

그렇지만 그마저도 지금은 힘에 부친다.
이도 저도 다음으로 미루고 잠이나 푹 자고 싶을 뿐이다.

03

세상에는 모래알만큼 다양한 엄마가 있다

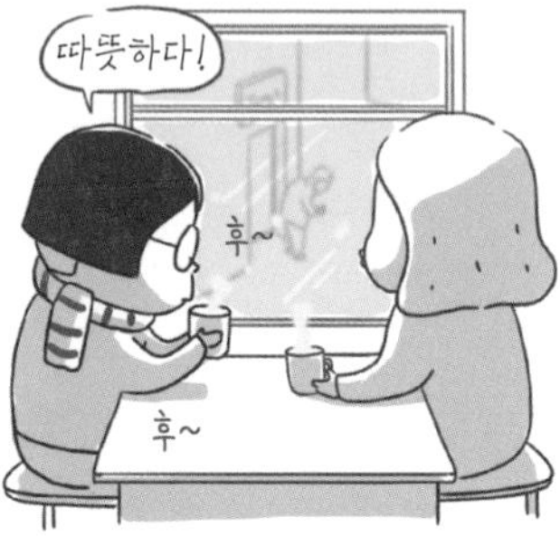
따뜻하다!
후~
후~

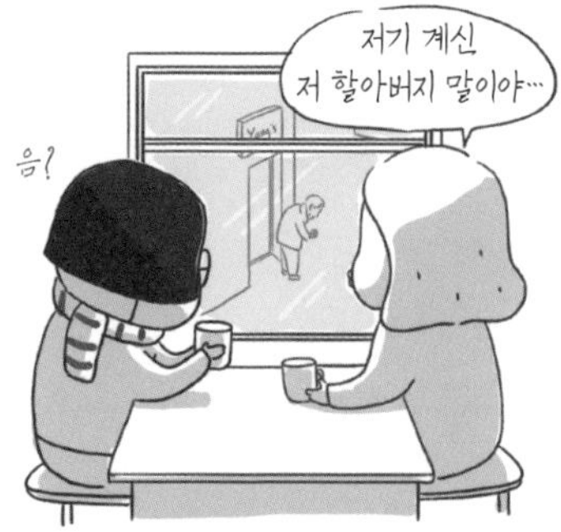
음?
저기 계신
저 할아버지 말이야…

할아버지도 한때는 누군가의
사랑스러운 아기였겠지.
쿨럭
쿨럭
그렇겠지.

세상 사람 모두에게는
틀림없이 엄마가 있었을 테니까.

영화나 드라마를 보면 절절한 사랑에는 부연 설명이 따른다.
남녀의 사랑이든 우정이든 만남부터 절정에 이른 감정까지
장황하고 구구절절한 스토리로 공감을 유도한다.

극 중 모든 격정적 사랑에는 날날이 서사가 있는데
모성애만큼은 하늘에서 떨어진 듯 난데없다.
분량이 거의 없는 조연 부모조차
못난 자식 편에 서서 목숨을 바칠 기세인 걸 보면
모성애라는 것은 배고프면 밥을 먹는 일만큼 지당한 것인가 싶다.
생각이 여기까지 미치면 자기 연민의 문이 열린다.

열아홉 살부터 타지 생활을 한 나는 일찍이 혼자였다.
그리고 도무지 꼼짝할 수 없는 시련이 나를 뒤덮은 때가 있었다.
그 숨막히는 적막 속에 든든한 어른은 없었다.
진작 돌아가신 아버지는 고사하더라도
어머니는 제 삶을 살아내기도 벅찬 사람,
늘 불안한 사람, 허술한 유리 막 같은 사람,
힘이 풀려 손이라도 짚어 기대면
쨍하고 귀청이 째지도록 금이 가버리고 마는 사람이었다.

그러다 설움이 북받치면

“엄마는 왜 엄마답지 못하느냐”라며 날을 세웠고
우리는 깨진 유리처럼 서로를 찔렀다.

사랑과 이해에 대한 글을 쓰다 보면
모름지기 내 엄마와도 그렇게 살아야 하는 건 아닌가 싶어
어설픈 화해를 시도해 보기도 했다.
결과는 번번이 참패.
대체 어디까지 엉켜버린 건지 알 수 없는 깊은 애증의 매듭을
단숨에 풀 수가 없다.

모래알만큼 많은 사람이 있듯,
세상에는 다양한 엄마가 있을 터다.
미디어에서 보여주는 한결같은 모성애를 모범 답안 삼아
신세 한탄을 하는 것은 어쩌면 어리석은 감정 낭비일지 모른다.
그러니 엄마와 나의 드라마가
극적인 결말을 보여주지 못해도 괜찮다.

다만 누구 하나 무 썰듯 서로를 끊어내지 못하고
철천지원수의 안부를 궁금해하는 것을 보면,
부모 자식 간에는 설명할 수 없는 끈적한 무언가가 있나 보다…
정도의, 어렴풋한 결론을 내릴 뿐이다.

04

사랑받을 용기

세상아, 마음껏
날 미워해 보시롱!
보아라!!!
내 똥뱃살을…
쿨하게 기른 겨털을…
휙
훌러덩

미움받을 용기는 충분히 장전했는데…

뭐?! 왜!!!
내 인생 내 맘대로
산다는데…
하하하…
하아…
난 괜찮아~
조금 심심하고
외로운 것뿐이야.
쥐

사랑받을 용기는 어떻게 만드나요?

05

버릴 것 하나 없는 아이

유기묘, 암컷, 한 살 추정
유기 사유: 사자인지 고양이인지 모르겠음

캬악
어휴, 사나워라!
저런 걸 어떻게 키워.

꼬질꼬질 더러운 고양이네.
무서워 눈빛 좀 봐.

캿
캇
뚜벅
뚜벅
으르릉
안녕!
물끄럼
뒤적
뒤적

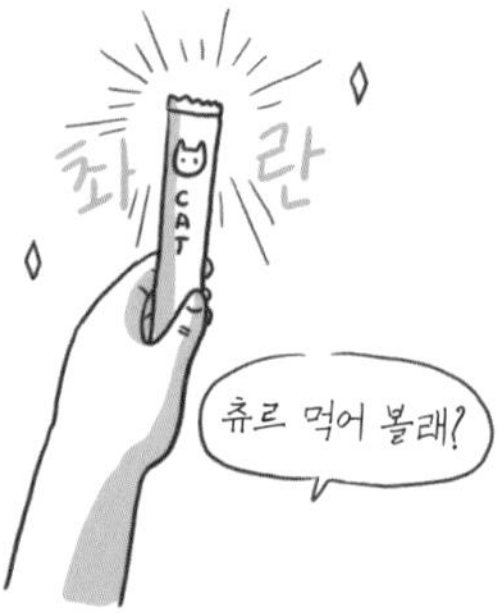
좌 란
CAT
츄르 먹어 볼래?

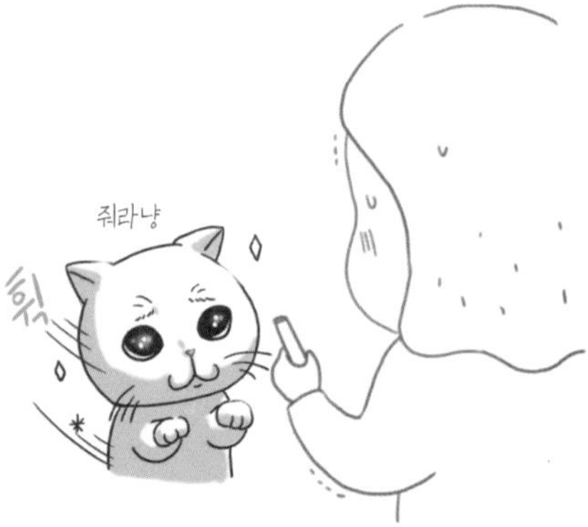
줘라냥
휙

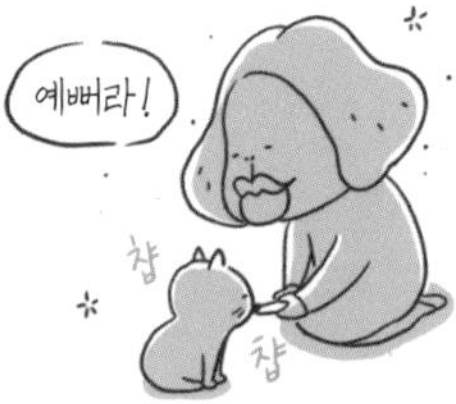
예뻐라!
챱
챱

반려묘, 암컷, 한 살 반
입양 사유: 착하고 사랑스러움

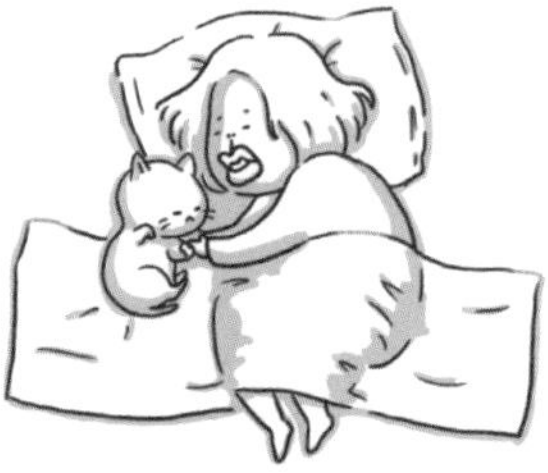

말 잘 듣는다는 칭찬을 들어 본 적이 없다.
바락바락 말대꾸하는 계집애, 지 어미 속 썩이는 년…
친척 어른들은 버릇처럼 미간에 힘을 주며 한 소리씩 하셨다.
"가스나야! 엄마 말씀 잘 듣그래이!!!"

아버지가 돌아가신 후, 친가와는 교류가 끊긴 지 오래였고…
눈만 마주치면 으르렁대는 모녀라는 타이틀에,
그나마 남은 외가댁에서도 내 인기가 영 별로라는 건
어림잡아도 빤한 일이었다.

비뚤어진 아이들이 으레 그렇듯,
내게도 마음 터놓을 어른이 없었다.
따지고 보면 내 쪽에서도 마음 줄 생각이 없었다.
나이를 먹어도 허술한 사랑을 받은 아이는 불쑥불쑥 티를 냈다.
쉽게 불안에 제압당하거나,
감당하지 못할 외로움으로 예민해진 탓에
스스로가 버거웠다.

'내면 아이'라는 용어까지 있는 걸 보면
나만 불량품으로 자란 건 아닌 셈이다.
다행이다. 조금은 위안이 된다.

사촌의 결혼식. 오랜만에 친척들이 모였다.
오촌 이모도 계셨다. 얼마 만에 뵈었던가…
기억조차 희미한 걸 보니 한 이십 년은 족히 된 듯하다.

얼마 후 이모에게서 연락이 왔다.
저만치 떨어져 홀로 시큰둥한 표정으로 앉아 있던 나를
기억해 두었다가 먼저 전화를 주셨단다.
통화할 때마다 이모는 버릇처럼 자꾸자꾸 말씀하셨다.

"너는 어릴 적부터 버릴 것 하나 없는 아이였어."

안도감이 들었다.
자위할 책이나 뒤적거리며 어설픈 어른이 된 내게
때아닌 봄볕 같은 칭찬이었다.
가족들이 저 계집애가 어미 속 긁고 살았다며
혀를 차도 이모는 내 편에 섰다.

이모는 비뚤어진 놈의 마음은
비뚤게 살아 본 자신이 가장 잘 안다면서 나를 감싸고 돌았다.

이모의 노력에도 무참하게…

기를 쓰고 엄마에게 대든 날이면,
가장 먼저 이모가 떠올랐다.
몸이 약한 이모가 가족들과 맞서
구제불능인 내 편을 들다 지쳐버릴까 겁도 났다.

그러다 문득… 그런 이모가 참 안쓰럽고 아깝다는 생각이 들었다.
이모의 변호가 진실임을 보여주고 싶었다.
"거 봐라, 내 말이 맞지 않느냐…"
큰소리치며 떵떵거리게 해주고 싶었다.

버릇처럼 말씀하시던,
'버릴 것 하나 없는 아이'가 되고 싶어진다.
나를 믿어주는 어른 한 명이 있으면,
아이는 틀림없이 바르게 자란다.
혼자서는 좀체 키워내기 버거운 나의 내면 아이도…
덕분에, 힘을 내어 자라는 중이다.

06

온 마을의 정성으로 자란 아이

집안이 발칵 뒤집혔다고 한다.
갓 돌이 지난 내가 팔팔 끓는 물을 뒤집어쓴 날…

맞벌이로 먹고 살기 급급했던 부모님은
나를 돌볼 여력이 안됐다.
그 시절이 지금처럼 보육 시설이 잘 되어 있기를 했나,
전문적인 돌보미가 지원되기를 했나…
하는 수 없이 종종거리며 이웃이나 가족끼리
서로의 아이를 돌아가며 봐주는 것이 고작인 때다.

겨우 걸음마를 시작할 즈음, 나는 시골 할머니 댁에 맡겨졌다.
할머니는 손끝이 야물고 바지런한 분이었는데,
그날도 커다란 솥에 곰국을 끓이느라 정신이 없었다.
할머니가 잠시 등을 돌린 사이,
나는 부글대는 솥을 붙들고 넘어졌다.
허벅지부터 종아리까지 뜨거운 솥 물을 뒤집어쓴 채
자지러지는 손녀를 보는 순간,
할머니는 눈앞이 캄캄했다고 한다.

할머니는 손녀를 들쳐 업고 고함으로 옆집 아저씨를 불러,
차를 얻어 타고 읍내 병원으로 뛰었다.

휴대폰도 없던 시절, 누구한테 연락할 겨를도 없이
나를 안고 뛰던 할머니 머릿속에
얼마나 무서운 상상들이 오갔을까…

때마침 큰이모가 할머니 댁으로 전화를 했고,
대신 집을 봐주던 동네 아주머니가 사정을 전했단다.
이모는 다급히 큰 병원의 의사였던 이모부에게 알렸고,
이모부는 당장 아기를 데려오라 하셨다.

할머니는 곧장 이모부가 계신 대구행 기차를 탔다.
대구역에는 앰뷸런스까지 대기 중이었다니…
안 봐도 난리통인 상황이다.

이모부는 심혈을 기울여 집도를 시작했을 터.
여자아이 다리에 큰 흉이라도 지면 어쩌나
온 신경을 집중하셨다고…

그날 밤, 할머니는 미안하다 울며
밤새 붕대를 감은 내 다리만 바라보셨다.
부모의 속은 오죽했으랴.
어머니는 나를 보자마자 세상 무너질듯 울음을 터뜨렸다.

그럼에도 다음 날 일을 해야 하니,
아픈 아이를 떼어 놓고 돌아가는 길이
그렇게 애달프기 짝이 없었단다.

아버지 차를 타고 돌아가는 길
도로 양옆으로 코스모스가 흐드러졌고…
젊은 부부는 말없이 한참을 울었다.

고작 어른 팔뚝만큼 작은 아기 하나가
온 집안은 물론 시골 마을까지 벌집 쑤셔 놓듯 뒤집어 놨다.

모든 어른이 같은 마음으로 힘을 합친 덕에
내 다리는 거뭇한 자국 외에 매끈히 회복됐다.
참 감사한 일이다.

기억도 나지 않는 일이지만,
가족들이 두고두고 가슴 쓸어내리며 그 사건을 이야기할 때면
나는 어쩐지 뜨끈하고 저릿했다.

한 아이를 키우려면 온 마을이 필요하다고…
나는 온 마을의 정성으로 이토록 무탈한 어른이 되었다.

오천구백원

계산할게요.
우르르
삑
삑
엄청
귀여우세요.
두근
네?
가..가...
감사합니다.
카드
받았습니다.
두근
두근
안녕히 가세요.
발그레
오마이지쟈스!
화
끈

엄청 귀여우세요…
오천구백원이세요…
엄청 귀여우… 오천구…
영수증
₩5,900
엄청 귀여운 게 아니라
오천구백원!!!
이보게, 청년
왜 가격에
존대를 한 건가…
그냥 '오천구백원입니다.'
라고 했으면 되었지 않나.
에잉… 쯧쯧
어쩌면 나와 당신들은
무수히 서로를 오해하며
살아왔는지 모른다.
결국 우리의 끝없는 숙명은
서로를 이해하는 일이 아닐까 싶다.

07

인간이니까

서울만 한 곳이 없다.
신속, 정확, 친절이 최상의 서비스로 제공되는 낙원.

세계 곳곳을 전부 여행하진 않았지만,
다녀 보고 주워들은 잡스런 통계는 그랬다.

동네 커피숍만 해도 그렇다.
영국의 무슨 공작 부인 이름인가 싶을 만큼 복잡한 메뉴들을
오차 없이 주문 받고 칼같이 영수증을 끊어다 카드와 함께 착!

줄지어 선 손님들을 일정한 톤의 높임말로
빠르게 쳐내는 모습에 주눅이 들 정도다.
막상 내 순서가 되어 계산대 앞에 서면
덩달아 조급해져 버벅버벅, 메뉴를 읊기 바빠진다.

친절함도 둘째가라면 서럽다.
인터넷 연결이 신통치 않아 씩씩대며
서비스센터에 전화를 걸었다.
'사랑합니다, 고객님~'
예쁜 목소리로 고백을 받고 나면,
곤두선 마음이 사르르 녹는다.

내 번호를 어떻게 알고 꾸준히 전화 주시는
대출 상담원마저 어찌 그리 사근사근한지
하등 필요 없는 돈까지 꾸고 싶은 심정이다.

배달을 시켜 봐도, 비행기의 승무원들을 봐도
한국이 최고, 그중 제일은 치열하게 복닥대는 서울이다.

신속, 정확, 친철.
서울에 사는 나는 이런 최상의 서비스에 익숙하다.
익숙한 정도가 아니라 당연한 일이다.
셋 중 하나라도 빠지면 불쾌감이 치밀어 오른다.

*

런던에 유학 중인 친구, '담소'.
보일러가 아직도 먹통이란다.
한 달 전부터 그러더니 아직까지
수리 기사님의 그림자도 못 봤다고 했다.

학교에 비자 관련 문의를 한지,
일주일이 넘었는데 답이 없단다.

속 끓이며 세 번째 독촉 메일을 쓰는 중이랬다.

어느 날은 마트에서 줄을 선 채로
직원들의 수다가 끝날 때까지 한참이나 기다려야 했단다.

그 잘난 런던은 어찌 그리 서어-비스가 굼뜨냐 물었다.
"그러게 말야. 이상한 일은
줄 선 손님 중 누구 하나 불평이 없더라."

정적이 도는 틈을 타, 제주도의 불친절이 떠올랐다.
여행 중 아담한 정원이 있는 카페에 갔다.
문을 열고 들어서는데 화초 정리를 하던 사장님이
흘깃 돌아보더니 인사도 없이 마저 흙을 나른다.
멋쩍게 주위를 두리번대다 자리에 앉았다.

카페를 나와 서귀포에 새우 튀김이 끝내주는 맛집을 검색했다.
꼬부랑길을 헤매며 한 시간을 운전해 도착했다.
마감 시간이 한참 남았는데, 내일 다시 오란다.
날이 좋아 서핑을 해야 한단다.
기가 차서 콧방귀가 났다.

돌아오는 길, 넘실대는 수평선 위에 주저앉는
붉은 해를 바라보다 스륵 마음이 풀렸다.

치열한 도시를 떠나 섬에 안착한 사람들이라 그러려니…
생각했고, 낯선 불친절이 이해되어 버렸다.
심지어 그들의 불친절이 느긋한 여유로 느껴지기도 했다.

그러고 보면 나 역시 버벅대며 급히 주문하지 않았고
부담스러운 옥타브의 인사에 화답하지 않아도 되었다.

다시 생각해 봐도
인간이 한결같이 신속, 정확, 친절하지 못한 것은
자연스러운 일이다.
괄괄대며 삿대질할 일이 아니다.

지극히 당연하게 화를 내고 있다면,
멈추어 생각해 보아야 한다.
나의… 인간의 오만함에 대해…

인간이라면 모름지기 변함없이, 완벽하고 깔끔하게,
고장 없는 기계처럼 해낼 수 있다는

가혹한 기대를 하는 건 아닌지 말이다.

우리는 감정적이고 실수를 남발하며
아침에 먹은 상한 계란 하나로도 하루를 망칠 수 있는
부실한 인간임을 인정한다.

부실한 인간들끼리 서로의 부실함을 노려보며
팽팽하게 힘주어 사느라고…
서울의 밤하늘을 보면,
가끔씩 못 견디게 서글프곤 했나 보다.

마음 고르기

심란한 마음이…

들쑥날쑥 마구 꽂힌 볼펜 같습니다.

음… 이건
아직 잘 나오는군.

잉크가 없는 것, 뚜껑을 분실한 것, 촉이 휘어진 것…
버리고 고르다 보니

복닥대던 마음도
조금 말끔해진 듯합니다.

야속함과 서운함이 번갈아 요동친다.
파르르 나오려는 한마디를 꼴깍 삼켰다.
날것의 감정을 거름 없이 쏟아내던 예전의 내가 아니라며
큰소리쳐 놓은 덕에, 정신을 차려 꾹 눌렀다.

그렇게 한시름 놓고 느슨해진 틈을 타,
고삐를 놓친 가시 돋친 말이 나도 모르게 툭 불거져 나왔다.

정적이 흐른다. 아… 이놈의 성질머리… 이놈의 참을성 하고는…

채 정화하지 못한 감정이 제멋대로 사고를 치는 때가 있다.
이성으로 싸매고 완전무장한 뒤
꽁꽁 매듭지어 놓아도 어느새 틈새로 툭 터져 나온다.

그렇게 폭발하는 순간이면 황망함에 턱이 벌어진다.
갑작스러운 펀치기에 벙찐 상대는 물론이요,
내 턱도 못지않게 벌어진다.

내 입으로 뱉어 놓고도 내 탓이 아닌 듯 억울한 심정이다.
늦지 않았다. 빠르게 다시 고삐를 끌어당겨 잡는다.
욱해버린 한마디에 사과는 내 차지가 되고 말았지만,

신속하게 고개 숙이는 수밖에…
그리고 이왕 이렇게 된 거 지금이 기회라고 생각한다.
찬찬히 그간의 마음을 고백한다.

운 좋게 속 깊은 상대를 만나면 다행이다.
인간사 고만고만하고 모두가 어찌 성인군자이겠냐며
흔쾌한 이해와 함께 뜨끈한 위로까지 덤으로 받을 때도 있다.
그러면 그를 향한 충성심은 배가 되니
이래저래 좋은 일이다.

이토록 솔직한 고백은 이불킥 할 만한 사고를
사이가 깊어지는 계기로 만들거나…
그럼에도 매몰찬 반응에 다시는 안 볼 사이로 만들거나…
둘 중 하나의 결과를 낳는다.
설사 관계가 끊어지더라도 어쩔 수 없는 일이다.
속 끓여 사과하고 속살을 드러낸 진심에도
그리 야박한 반응이면 내 쪽에서도 사양이니 잘된 셈이라 치자.

합리화라고 해도 별수 없다. 욱하고 쏟아내 버린 밤,
죄 없는 이불을 걷어차며 자책으로 지새울 바에는
훌훌 털어버릴 꽤 괜찮은 결론이지 않은가.

09

자연만한 게 없다

삐비리
삐리리릭
삐리
삐비빅
콰과과
콰콰콰
콰콰
콰콰
쏴아아
쏴아아

나는 아무래도
소음에 대한 면역이
떨어지는 편이다.

그럼에도 신기한 일은,
자연이 내는 소음에는
한없이 너그럽다.

찢어질 듯한 매미 울음, 고막을 메우는 파도 소리…
아무리 데시벨이 높아도 거슬림이 적다.

자연의 소리는 경이롭다.
불편하지 않고 아름답다.
들을수록 평안해지는 고요한 소음이다.

봉숭아 꽃물을 들였다.
올해로 내리 3년째,
이쯤 하면 연중 행사로 자리했다 쳐도 무방하다.

어쩌다 봉숭아 마니아가 되었는지는 기억이 가물하다.
식물을 길러 볼 참으로 들른 꽃집에서
우연히 봉숭아 씨앗을 담아 왔지 싶다.
아마… 할머니 댁 마당에 이모들과 둘러앉아
꽃을 빻고 손가락에 실을 묶던 어릴 적을 떠올렸을 테다.

손가락에 묶어 둔 비닐 안에 송골송골 습기가 맺히면
엉거주춤 뻣뻣하게 손가락을 편 채,
수시로 실의 매듭을 확인하던 수고로움도 기억났다.

그렇게 내리 반나절을 참아내고 드디어 비닐을 벗겨내면,
손끝마다 청량한 바람이 불었고…
손가락까지 빠알갛게 꽃물이 든 장관은 내게 기쁨이었다.
반짝이는 주홍빛의 옛 기억이
봉숭아 씨앗을 들여온 이유이지 싶다.

봉숭아에 사연 있는 이는 나만이 아니다.

물들인 손톱을 보면 친구들은 물론,
낯 모르는 사람까지 환히 웃으며 한마디씩 건네곤 했다.
그들의 눈빛에 반가움이 스치는 순간을, 나는 다정하게 바라본다.

봉숭아 예찬을 좀 더 해 보자면
꽃물 들인 손톱은 마지막 순간마저 예쁘다.
주홍색 손톱이 꽉 찬 보름달에서 반달이 되고
가냘픈 초승달처럼 손톱 끝에 남으면…
산자락으로 넘어가는 노을처럼 여리여리 아쉽다.

매끈하게 바른 매니큐어도 맵시 있지만,
사라지는 모습만큼은 꽃물에 비할 바 못 된다.
부식된 콘크리트 잔해처럼 더덕더덕 떨어지는 꼴이
영 봉숭아만큼 우아하지 못하다.

나이를 먹을수록 자연을 이기는 것은 드물다고 느낀다.
인공 합성물인 매니큐어보다
자연스러운 봉숭아가 아름다운 이유도 그 때문인가 싶다.

올해도 우리 집 화분에는
줄기마다 대롱대롱 연분홍 봉숭아꽃이 피었다.

Chapter 3.

못 배운 친구와
덜 배운 친구

01

깊숙한 사이
점점

담소야, 얼마 전에 그 사람이… 어쩌고저쩌고하더라고.
그때 내 기분이 부들부들 쿵척쿵척했거든… 그때부터 계속 바스락바스락 삘릴리리 하는 중이야.

그래서 내가 어떻게 할까 고민하느라 요즘 대박 힘들었다고…
그만 먹고 대답 좀 해 봐!!!
음, 근데 말이야… 혹시 나도 너를 서운하게 한 적 있었어?
우물 우물
응. 가아끔?
허거거!!! 레알?!
야, 난 못하겠다.
툭

난 죽었다 깨어나도 너같이 민감한 감정은 못 읽는다고!!!
쾅!!!
....
휴, 너마저…
못 해!
뚜벅 뚜벅
독학은 절대 못 하겠으니까
척!
이제부터 차근차근 알려줘라!

너 사용법!!!
두둥-

민감한 당신은 늘 혼자 마음 쓰다 지쳐
거두어버리길 반복했다.

그니까 앞으로는
혼자 서운해하지 말라고.
꺼억

진즉에 너 사용법을 물어봐 주었다면
외롭게 내버려두지 않았을 텐데…

그간의 당신이 참 아깝다.

담소는 도무지 알 수 없는 친구였다.
재잘재잘 자기 얘기를 늘어놓지도 않고
뚱한 표정으로 미동 없이 앉아 있을 때도 있다.
사근사근한 맛도 없다.
속 끓이는 고민을 한참이나 떠들었는데
돌아오는 답변이 영 살갑지 않아 민망해지기 일쑤다.

나와 도무지 닮은 점도 없다.
누군가 찔러도 반응이 둔하고 무슨 일을 해도 느릿한 모습이
어디 가서 된통 당하지 않으려나 심히 염려되는 지경이다.
민감한 감정들이 파닥파닥, 활어처럼 널뛰는 나로서는
저게 인간인가 곰인가 싶기도 했다.
결이 다른 서로는 부대끼면 까끌거려 불편했다.
알 수 없는 상대에게 함부로 다가갔다가
각자의 연약한 부분이 쓸려 화들짝 놀라 뒷걸음질을 치곤 했다.
멀어졌다가… 가까워졌다가…
우리는 파도치는 사이로 한참을 지냈다.
그러다 첨벙, 못 참겠다는 듯 수면에 돌을 던진 건 담소였다.

어느 날 담소는 작정하고 내게 질문을 던졌다.
그런 담소가 생소하여 당황했지만

낯선 물음에 열심히 고민해서 대답했다.
덩달아 나도 담소가 궁금해졌다.
지난번에 대체 왜 그런 건지… 무슨 생각을 했는지…
그때의 기분은 어땠는지… 그렇다면 너는 어떻게 살아왔는지…
그래서 무슨 모양으로 살고 싶은지…
대화는 날이 갈수록 깊어졌다.
거침없이 반박하고 치열하게 맞서기도 했다.
그럼에도 접점의 끝에서는 충분히 고개가 끄덕여졌다.

알면 알수록 담소는 나와 달랐다.
가끔은 미지의 심해 생명체인가 싶을 정도였다.

다사다난했던 지난날의 관계들도 되짚어졌다.
누군가를 함부로 해석했다가, 혼자 제멋대로 엉켜버려
아까운 사람들을 놓치며 산 건 아닐까 아쉽기도 했다.
담소를 알수록 내가 다채로워지는 기분이었다.
시야가 환히 트여 넓게 보이는 듯했다.
깊은 심연에서 충만해지는 관계의 기쁨도 느꼈다.

점점 깊숙하게 더 멀리… 우리는 파도가 철썩이던 사이에서
무리 없이 다이빙하는 사이가 되었다.

성급한 배려

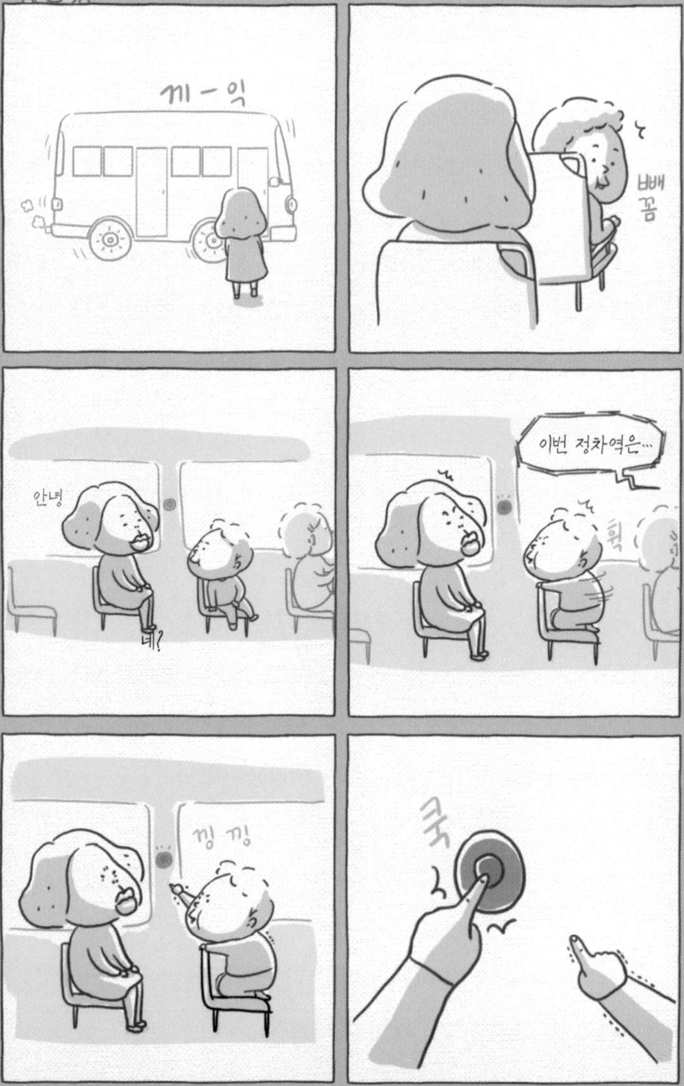
끼-익
빼꼼
안녕
네?
이번 정차역은…
휙
찡 찡
쿡

삐-익
씽긋
내가… 내가…
누를껀데…
끄아앙—
안절
부절
내 꺼 빼앗았어!
엉엉
배려는 쉽지 않다.
이해가 부족한 배려는 자주
오해를 사고 만다.

02

필요해 신호가

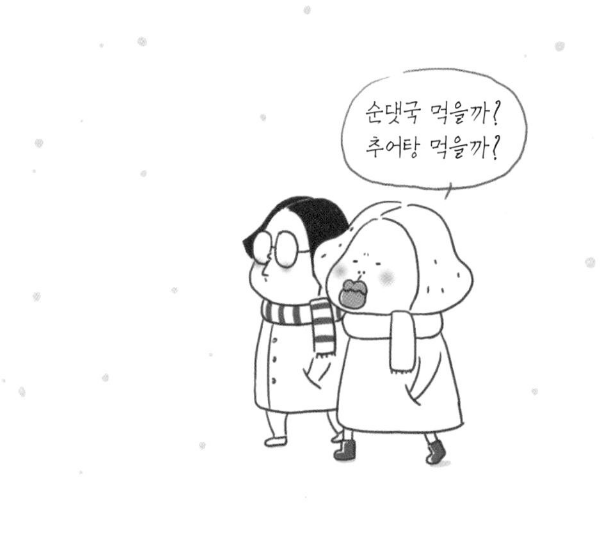
순댓국 먹을까?
추어탕 먹을까?

?
얼—음
찰싹
자냐!!?
추… 추어탕!!!

모락~
모락~
나는 말이야… 생각할 시간이 필요할 때

'음…' 이라던가,
'글쎄…' 라고 하거든.

지금 생각 중이니 잠시 기다려 달란 신호 같은 거지.
좋은 방법이군

오메! 뜨끈한 거~
ㅋㅋㅋ

담소는 자주 함흥차사다.
뭘 물어도 느릿, 뭔 결정을 해도 느릿.
거북이가 사람으로 환생했나 싶다.

반면 담소는 내게
발사된 총알처럼 빠르다며 투덜댈지도 모른다.

그깟 속도 차이가 무슨 대수냐 하겠지만,
오해와 불편을 만드는 때도 잦다.

다소 민감한 대화 중에 담소의 답이 끊기면,
나는 적막 속에서 혼자 방아쇠를 당긴다.
'왜 말을 않지. 기분이 상한 건가. 무슨 일이 생겼나.'

타당, 탕, 탕!!!
연달아 따발총을 쏘다 보면 적잖이 피로가 몰려온다.

기다리다 성질이 나서 쏘아붙일 때도 있다.
그러면 당황한 담소는 변을 늘어놓는다.

결정에 앞서 고민이 깊다거나, 생각이 뒤엉켰다거나…

충분히 이해 가능한 답변들.

애쓰는 담소를 보면 냉큼 미안해진다.
거북이가 토끼처럼 달릴 수는 없지만
토끼가 거북이를 기다릴 수는 있는 법.

결국, 마지막 한 발은 스스로를 향한다.
'이 사달은 부족한 나의 인내심 탓이다!'
탕!!!

그렇게 주춤주춤 보폭을 맞추다가 약발이 떨어질 즈음,
간극이 다시 벌어지기 시작한다.

토끼는 탕탕탕! 총을 쏘다 또 짜증이 나고
거북이는 알아먹은 척 끄덕여 놓고 또 또 보챈다며 짜증이 나고.

연례행사처럼 텀을 두고 투덕대다 보면 억울함이 꿈틀한다.
속도의 문제는 오롯이 토끼의 몫이라 생각했지만,
거북이도 어림잡은 위치 정도는 알려줄 수 있을 터.

완성된 답변은 아니더라도 중간중간 상태를 알려주면

쓸데없는 총알 낭비는 막을 수 있지 않나 싶다.

영화 '올드보이'의 최민식도 그랬다.
십오 년이라고 대답해줬으면
독방에서도 버틸 만했을 거라고…

담소의 '다음에'를 '다음 주말에'로 바꾸거나…
"지금은 급한 일정으로 분주하다" 정도의 대답이라면,
군만두를 질겅질겅 씹으며
제법 수월하게 기다릴지도 모른다.

번거롭더라도 둘 사이에 대강의 금을 그어 보자는 건 어떨까.
너도 한 걸음, 나도 한 걸음.
가운데 어디쯤 적당한 곳에서 만나 보겠느냐 물어볼 참이다.

담소라면 충분히 그러겠노라
대답할 친구니까 말이다.

모자라고 기특하다

부스스
까똑
까똑
까똑
담소야!!
까똑
까똑
빵 먹을래?
아직 자?
하여튼 호들갑은 알아줘야 한다니까.
빵 사 왔다
빵빵빵
빵 사 왔다고!!!
<그날, 오전>
담소랑 같이 먹어야지~
빵 먹자
째깍
왜 연락이 없지, 아직도 자나….
째깍
忍
킁킁
식기 전에 빨리 먹으라 해야지~
톡
토독
톡
토독
톡톡
째깍
어제 늦게 귀가한다더니… 뭔 일 있었나?
째깍
힐끔
기달
기달

냉장고에
넣어둬야겠다.
낑
ㄲㄲ
휙
까똑
담소야
빵 먹자!!
띵동
띵동
벨 소리마저
호들갑이네.
띵동
실은…
네가 좋아하는 빵
호들갑이 아니라
마음이 많은 거야.
호들갑 대장인 당신은
섬세하고 따뜻한 사람.
밉게 보면 한없이 모자라고…
예쁘게 보면 더없이 기특한 당신.

헉!!
정리를 좀
해야겠군…
후두둑
고장난 우산을
분류해야겠어.
심—각
철컥
째깍
째깍
휴~ 다했다!
이제 이것들은
버려야지.
허걱!!!
예상치 못한 난제!!!
천
고철
플라스틱
두—둥
이… 이걸…
어떻게 분리수거하지?
검색
우산 버리는 법
토독
톡
톡

째깍
째깍
째깍
일단!! 천을
분리해야지.
째깍
째깍
째깍
째깍
째깍
째깍
아직도
정리하니?
느려터져 가지고.
노끈으로 묶을 차례!
고지가 보인다!!
실은…
휴…
느려터진 게 아니라
생각이 많은 거야.
속 터지게 느린 당신은
꼼꼼하고 바른 사람.
밉게 보면 한없이 모자라고…
예쁘게 보면 더없이 기특한 당신.

03

인정한다 나를

아기 고양이들이네~ 너무 귀엽다! 그치?
별로…
근데 그 표정은 뭐냐?
발그레
풉!
부비 부비
우유 남은 거 줄까?
안 돼!
호다닥
사람 먹는 우유 먹이면 설사해.
오올~
그건 또 어떻게 알고 있담?

실은 나도…
어릴 때 고양이 키웠었어.
'구름이'라고…
헐, 근데 왜 지금은
찬바람 쌩쌩이랴~
음,
새벽녘이었는데…
문 밖에서
구름이 소리가 났어.
잠결에 얼핏 듣고는 무시해버렸지.
끼잉
끼잉
부비적
그날 밤…
내 고양이가 죽었어.
구름아!!!!
구름이가
숨을 안 쉬어!!
벌떡
그때 알게 됐어.
으흐흐흐흑!!
구… 구름아
소중한 것에 대한 책임감…
지켜주지 못해 돌아오는 죄책감이
납덩이처럼 무겁다는 걸.
끼이잉…
끼잉

그래, 그때부터야.
미안…
미안해…
모든 것을 가볍게…
차갑게 바라보기 시작한 거
책임질 수 있는 만큼 마음 주고
상처받지 않을 만큼만 사랑하는 게…
나는 더 편해.
휘잉
…
뚜벅
뚜벅
나라면…
움찔
홱

그 순간에 잠들어버린 나를…
어쩔 수 없었다 생각했을 거야.
…
바동
바동
꼬옥
안아 볼래?
됐거등!
넌 좋은 사람이 분명해.
네가 괴로워한 만큼,
'마땅히 주고 싶었던 사랑'이
많았다는 거니까…

죄책감은 사랑이 훑고 지나간 자국이다.
기꺼이 책임지고, 지켜주고 싶었던 마음…

말끔하게 해내지 못해 자국이 남았다 해도
당신은 충분히 따뜻했다.

큰병을 앓는 친구가 있다.
진통제 없이는 잠 못 드는 그녀의 사연을 들으면
온 마음으로 그녀를 위로했다.
친구의 고통에 비하면 내 고민은 보잘것없이
작아져 입을 다물곤 했다.

늦은 새벽, 그녀에게서 전화가 왔다.
병세가 악화될지 모른다는 소식.
친구는 하늘이 무너진 듯 울었다.
아무리 들어도 하늘이 무너질 일이 분명했다.
지금 그녀에게는 마땅히 위로가 필요해 보였다.

나는 더듬대며 응급차를 부를까 물었고…
해줄 수 있는 것이 없노라 씁쓸한 기색을 보였다.
친구가 원하는 바를 알면서도
나는 눈치 없는 척, 헛소리를 얼버무리다가…
어색하게 전화를 끊었다.

치사스러운 변명을 하자면,
그날은 나조차도 숨쉬기 버거운 날이었다.
믿었던 프로젝트가 풍비박산이 나고,

자식 같은 반려묘가 사경을 헤매고, 실연까지 겹친 날.
전화가 오기 직전까지 천장을 보고 누워 울음을 참던…
하필이면 그 순간이었다.

그치만 결백하건대,
친구가 힘겨운 삶을 이겨내는 과정을 진심으로 응원해 왔다.
결백이라는 단어까지 쓰며 구구절절 늘어놓는 이유는,
모순에서 일그러진 틈을 죄책감이 파고들기 때문인가 싶다.
나는 힘들어 하는 친구에게 언제든 선뜻선뜻
선한 마음을 내어주는 사람이고 싶나 보다.

아쉽지만 인정한다.
나는 '여유가 있을 때만' 마음을 내어주는 사람이다.
그리고 덧붙여 생각했다.
'사람은 누구나 이기적이지 않나!
모두가 위대하신 예수와 부처 같다면,
절실하게 십일조와 헌금을 자진 납세하며 살지는 않겠지.'

기대에 못 미치는 한날 인간일 뿐임을 겸허히(?) 인정하고
찝찝한 합리화로 서둘러 생각을 마무리 지었다.

그러던 어느 날,
“요즘 힘들었어. 한 달 전쯤… 일이 좀 있었거든.”
절친 담소의 고백에 말을 잃었다.

‘미련곰탱이 같은 자식…’ 서운함이 치밀어 오른다.
하루가 멀다 하고 사사건건 수다를 떨면서
어찌 그리 감쪽같이 언질 한번 없었나 싶다.

동시에 이전의 기억이 떠오른다.
아픈 친구의 전화에 내 눈물이 증발해버린 순간…
지친 마음을 터놓을 타이밍을 놓치고
허둥지둥 도망치듯 전화를 끊었던 순간이 스친다.

담소는 늘 든든한 친구.
묵묵하게 내 불안을 들어주는 사람…
마음 놓고 징징대던 그간의 내가 떠올랐고…
어쩔 수 없이, 또 한 번 인정하고 말았다.
나는 아무래도 ‘여유가 있어야만’
사랑을 줄 수 있는 사람이 맞다.

담소 눈에 비친 나는 한 치의 불안도 감당하지 못할 약한 사람.

그런 내 앞에서 아픈 티를 내기는
여간 낯 두꺼운 일이 아니었을 테다.

인정한다.
담소와 나는 자주 불합리하고 불평등한 관계였다.
그리고 거기서 한몫 단단히 챙긴 사람은 주로 나였다.

황급히 서운함을 거두었다.
되려, 눈치껏 자기 차례를 기다렸을 담소가 안쓰럽고 고마웠다.
애를 써서 여유로운 척, 숨을 골랐다.
걱정으로 호들갑이던 마음도 내려놓았다.
담소는 그제야 더듬더듬 깊은 고민을 꺼냈고,
나는 하염없이 들어주고 싶었다.

열이 올라 뜨끈해진 전화기 너머로
담소의 이야기가 끝나갈 즈음…
멀리서 희미하게 동이 트기 시작했다.

04

너와의 거리

집 앞 편의점에 들렀다.
주전부리를 주섬주섬 골라다가 계산대 위에 쏟았다.

"오늘은 저거 안 사 가요?"
주인 아저씨는 양손으로 바코드를 찍으며
턱끝으로 계산대 옆, 프로틴 바를 가리킨다.

"아… 네, 오늘은…."
의기소침하게 말끝을 흐렸다.

빙긋이 웃는 친절한 낯이 반갑지 않다.
대충 목례하고 도망치듯 편의점을 나왔다.

아저씨의 첫 알은척에 당황했던 걸까.
그렇다고 두 번째 알은척을 하고 싶지 않다.
아무래도 내게 편의점은…
특히나 단골 편의점만큼은
끝까지 낯선 손님으로 남고 싶은 곳이다.

노브라에 목 늘어난 티셔츠 차림으로
끼니 대신 사 먹던 초라한 식단…

얼큰한 새벽녘의 숙취해소제…
계산대 끝에 수줍게 올려 두던 오버나이트 생리대…
지극히 사적인 물품들로
점주에게 내 정체를 들키고 싶지 않았나 보다.

그후 골목 하나를 멀찍이 돌아야 하는 편의점으로
단골집을 옮겼다.

그러고 보면 우리는 저마다 서로에게 맞춤 거리가 있다.
이 간격은 눈에 보일 리 만무할뿐더러,
합의된 적도 없어
자칫 의도치 않은 불편함을 일으키기도 한다.

부담스럽거나 서운해지고
당황하거나 무안해진다.

그간 합당하다고 믿었던 내 주변의 거리 역시
멋대로 설정했을 뿐,
어쩌면 무례한 실수를 지속하고 있는지도 모른다.

그래서 매일같이 먼저 전화를 걸었던

담소에게 시범적으로 조정을 시작했다.

너 좋은 때에 통화하자고 메시지를 남겨 두니
일주일이 지나서야 전화가 왔다.
이제야 연락한 담소가 야속해지려다,
하루가 멀다 하고 철없는 연인처럼
달달 볶아 댄 스스로가 머쓱해졌다.

편안한 거리를
조금은 느슨하게 놓아둘 필요를 느꼈다.
서운함을 거두고 너그러이 핸드폰을 내려놓았다.

얄미운 자식은 아직까지 감감무소식이다.

05

여기 있어

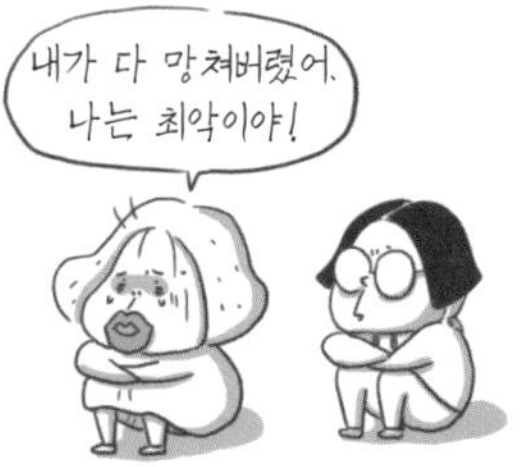
내가 다 망쳐버렸어.
나는 최악이야!

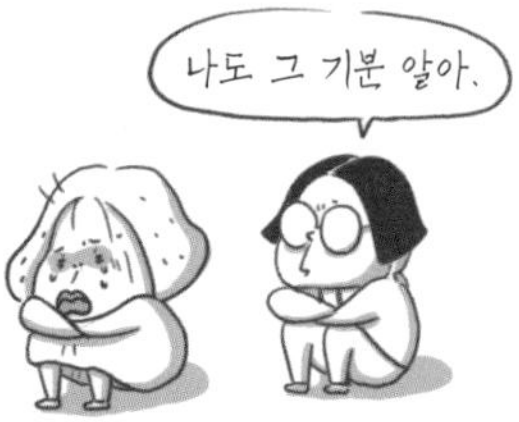
나도 그 기분 알아.

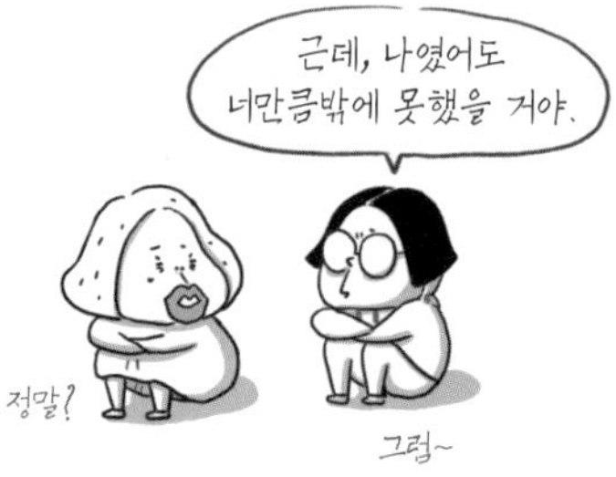
근데, 나였어도
너만큼밖에 못했을 거야.
정말?
그럼~

나는 또 틀렸구나…
실패가 확정되는 순간, 캄캄한 나락으로 떨어지고 만다.
그리고 기다렸다는 듯 축축한 불안이 스민다.
막막한 구렁에서 허우적대는 머저리가
세상천지에 나 하나가 아닐까 싶을 때,
감당하지 못할 두려움에 젖었다.

그럴 때 꼭 나만큼 연약하고 어리석은 누군가가 곁에 있다면,
그것만큼 위안되는 일이 없더라.
누군가의 손을 잡고… 어렴풋한 목소리를 좇아…
혹은 앞선 이의 발자국을 따라서…
나는 지금껏 용케 어둠을 빠져나왔다.

살면서 앞으로도 무던히,
고단한 사건들은 어김없이 나를 찾아올 테다.
끔찍하지만 다행이라 여겨 볼 일은,
나만큼 허우적대는 누군가에게
손 내밀어줄 마음도 커지겠구나 싶은 것.

“여기 있어! 그 거지 같은 너의 기분을 이해하는 사람이”
하면서…

위로만큼은

헉!! 담소 시험 발표 날이네.
5月
쾅-
담소야!!
하아…
하아…
쿵-
누가 봐도 불합격 각
마… 마카롱!! 마카롱 사 왔어!
눈치 눈치
고오오
네가 젤 좋아하는 블루베리만 골라 왔거든ㅋㅋ
스-윽
MACARON
나 옆방에 있을게. 편할 때 나와~

· · ·
냠
훌쩍…
고~요
기달
기달
스윽
이제야
동굴에서
나오는군.
여튼 그래 가지고…
열심히 하긴 했는데…
응응
쫑알
쫑알
위로만큼은…
미련곰탱이,
너에게 맞출게.

힐끔
아오!!!
왜 그래?
스-윽
분노
진심 짜증나는 일이 있었어!!!
바들바들
슬픔
그러니까 너무 힘든 거야…
음…
생각하니 짜증
그래도… 어떻게 그럴 수 있지?!

극대노
근데 생각할수록 열 받네!!!
꽥!!!
체념
자고 가면 안 돼?
그럴려고 했어.
아무래도 너무 심한 거 아니냐?
그러네.
우울해…
음…
자니?
아니.
자?
아니.
자?
zzz..
고마워…
위로만큼은…
지랄 맞은 징징이,
너에게 맞출게.

06

부정적인 것이 아니다

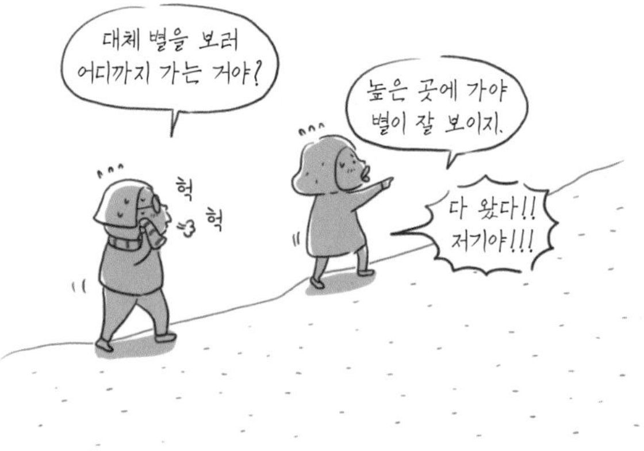
대체 별을 보러
어디까지 가는 거야?
높은 곳에 가야
별이 잘 보이지.
헉
헉
다 왔다!!
저기야!!!

애개…
별이 너무 초라해!!
구름이 껴서
그런가 봐
드디어
도…착…한 거니…
헉… 헉…

오, 나름 멋진걸!

물끄럼
나는 왠케
부정적인 걸까?
가자!
아무래도 별로야.
하아…

부정적인 게 아니라
실망한 거 아냐?
응?!!

맞네, 맞아!
실망한 거야!!
어제 기사에서
20년 만에 가장 큰
화성이 보일 거라고…

날씨만 좋으면
은하수도 보였을걸.
운 좋으면 별똥별도
보겠다 싶었지.
꼬리를 달고
떨어지는 별이라니
너무 로맨틱해.

어젯밤, 은하수를 상상했던 너니까
오늘 밤 하늘이 시시할 수밖에…

부정적인 감정을 부정하느라
수고하며 살았다.

슬그머니 열이 올라 따지고 들자면,
부정적인 것이 아니다.

희망에 부풀어 실망하고
남들보다 빛나는 별을 기대했을 뿐이다.

모난 돌인 양 핀잔만 듣던 지난날들이
새삼 억울한 이유다.

07

유머의 힘

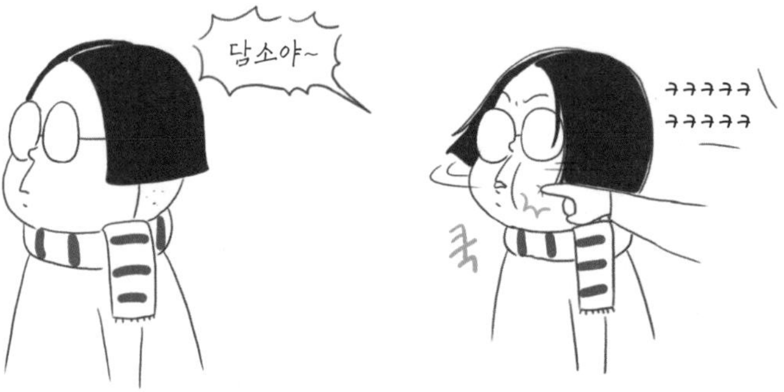

담소야~
ㅋㅋㅋㅋㅋ
ㅋㅋㅋㅋㅋ
쿡

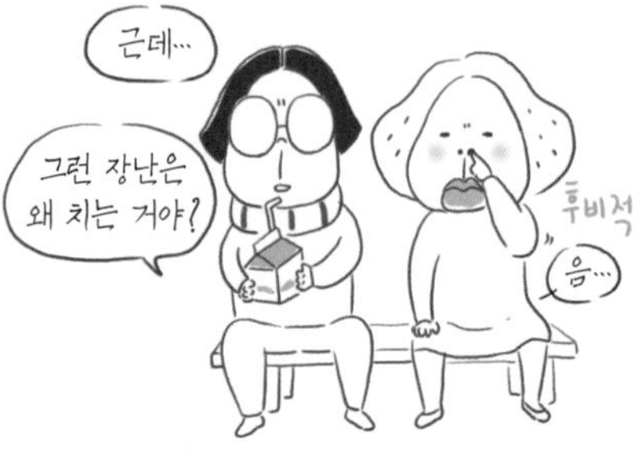

근데…
그런 장난은 왜 치는 거야?
후비적
음…

네가 좋아서~
아오, 졸려~
물끄럼
하-품
?
쑥-

짓궂은 장난도 무리 없는 사이.

그 단단함을 믿으니,
마음 놓고 아이처럼 굴게 되나 봐.

‘엇… 싸운다…!!!’

창밖 저만치에 남녀 한 쌍이 서 있다.

오가는 말 없이도 뿜어내는 기운이 이글이글 묵직하다.

남의 일에 관심 두기는 미안하지만 호기심을 참기도 어렵다.

턱을 괸 채 자세를 잡은 뒤 싸움 구경을 시작했다.

여자는 침묵을 깨고 거칠게 핸드백을 추켜들었다.

지난한 사랑 싸움의 경험상,

가버리겠다는 으름장으로 추측된다.

일이 더욱 커진 모양새다.

한쪽이 납작 수그리지 않으면

쉬이 끝나지 않을 일촉즉발의 위기다.

예상대로 남자는 주춤주춤 여자의 팔을 잡았다.

자… 이제, 여자는 사납게 팔을 뿌리칠 차례!

역시 뒤도 보지 않고 걸음을 옮긴다!!

격노한 걸음을 성큼 내딛는 중에…

여자의 발목이 삐끗하더니 꽤나 청승맞게 넘어졌다!

…음??!!!

갑작스러운 장르 변경에
주연 배우들과 은둔한 관람객 사이에
0.001초 정도… 찰나의 정적이 스친다.

터질 듯이 지끈하던 공기에 느슨한 틈이 생기는 순간이다.

고개를 숙인 여자가 '쿡' 하고 웃음이 터졌다.
남자는 이를 놓치지 않고
여자의 삐그덕대는 실수를 흉내 내며 폭소를 만들었다.
나도 따라 비시시 웃음이 흘렀다.

자욱하게 무겁던 기운이 순식간에 안개처럼 사라졌다.

유머는 꽤 힘이 있다.
싱거운 사이에 짜릿한 간을 맞추기도 하고
경직된 분위기를 순식간에 녹이기도 한다.

면접관을 웃기면 합격한다는 비공식 면접 족보도 있듯,
난제 속에서 승점을 따내는 의외의 복병이 되기도 한다.

동창들을 만나도 그렇다.
불혹을 앞둔 나이에도 멍청이, 망아지, 똥싸개…
어릴 적 별명을 부르며
유치원생도 상종 안 할 농을 던지고 낄낄댄다.

실없고 어딘가 모자란 사람처럼 굴어도
점수 매기지 않을 관계라는 믿음이 있어 가능한 짓궂음이다.

그래서 '멍청이'라 부르면 '똥싸개'라 대꾸하는 친구에게
이상하고 깊은 안정감을 느끼나 보다.

살수록 심각한 일들이 천지로 어깨를 짓누른다.
어른의 무게와 진중함을 미덕으로 치는 세상에서
한없이 가벼운 유머는 저평가되기 십상이다.

그렇지만 우리는 경험한 적 있다.
놀랍도록 완벽하고, 생각보다 거대한 유머의 힘을 말이다.

08

강한 사람

헐, 괜찮아?
고럼~ 고럼~ 아주 괜찮지!
X알 친구 강한이

헐, 힘들진 않았어?
고럼~ 고럼~ 별일 아니야.

알고 지낸 지 이십 년 가까이 되도록
한 번도 약한 모습을 보인 적 없는 강한이.

근데…
한이 너도 위로받고
싶은 적 있어?
?

그… 글쎄…

강한이와 위로라는 단어는
도무지 어울리지 않았다.

그에게도 그 단어는
어색해 보였다.

골목길막걸
막걸리
잘 들어가~
차금지
고럼~
고럼~

암만 듬직한 강한이라도
버거운 순간이 있었을 텐데.

그러고 보니 나 역시 오랜 세월…
강한이의 등 한번 토닥여준 적이 없구나 싶다.

삐리릭-
철컥
강한이는 위로 따윈 필요 없는
강한 사람이라 생각했지만…

실은 위로받는 일에
서툴렀는지도 모른다.

어릴 때는 곧잘 후레쉬맨 흉내를 냈다.
후레쉬맨은 다섯 명의 지구방위대!!!
불량식품 컬러의 쫄쫄이를 입은 전사들은
가히 지구를 지킬 만큼 강력했다.

나는 조악한 가면을 만들어 쓰고
목에 보자기를 두른 채 기합을 지르며 철봉에서 뛰어내리곤 했다.
보자기가 멋들어지게 펄럭일수록
내 모습이 그럴싸해 흐뭇했다.

학창 시절에는 중2병을 앓았다.
하굣길, 앞머리에 물을 묻혀 곱게 깻잎을 빗어 넘기고
치마를 짧게 두어 번 접어 입었다.
저만치 또래 친구들이 보이면
괜스레 거들먹대며 어깨에 힘을 주곤 했다.

회사원이 되어서는 권력 있는 사람을…
때로는 재력가를 선망하기도 했다.
나는 늘 강해지고 싶었나 보다.

당연한 일이다.

적자생존! 약육강식!
강자를 열망하는 것은 본능일 뿐이다.

*

얼마 전, 아티스트 페어 구경을 갔다.
작가들은 저마다 화려한 부스에 작품을 전시하고
오가는 방문객에게 소개를 하거나 판매하느라 바빴다.

출렁이는 사람들 사이로 한 사내가 보였다.
긴 머리를 아무렇게나 묶은 깡마른 남자.
부스에 앉은 걸 보니 페어에 참가한 작가인가 싶었다.

멈춰 선 사람이 하나도 없는
휑한 남자의 테이블에는 몇 권의 책이 고작이었다.

그냥 지나치기 민망해 대충 눈길로 훑으며
고개를 돌리려는 찰나, 그 작가가 말을 걸어왔다.

잠깐 귀찮은 마음이 스쳤지만
마주친 눈빛이 차분하여 자리에 멈추어 섰다.

작가는 반가운 기색도 없이
높낮이 없는 목소리로 자신의 책을 소개했다.

몇 번의 자살 시도와 치유의 과정을 담은 책…
짧지 않은 소개말이었지만 뭉클한 채로 집중해 들었다.

다시 작가와 눈이 마주쳤다.
깨끗한 흰자위에 새까만 동공이 내 반응을 살피는 눈치였다.
볼수록 깊고 단단한 눈이었다.

필사해서 간직하고 있는
류시화 님의 글이 떠올랐다.

'두 꽃 중에서 폭풍우를 이겨 낸 꽃을 선택하고…
상처 입은 치유자와 걸어갈 것.
자신은 아픔이면서 그 아픔의 치료제임을 기억할 것…'

*

관자놀이 위쪽으로 흰머리가 제법 늘었다.
이제는 새치라고 우기기도 어색한 나이가 되었다.

나이가 드는 일은 불편하다.
조금만 무리해도 쉽게 지치고 여기저기 아프니,
보험회사에 영수증을 무더기로 제출하기 겸연쩍을 때도 있다.

물론 좋은 점도 많다.
더 이상 맹목적으로 열망하지 않게 되었다.
세상이 가리키는 강자를 덤덤히 바라보다
이내 흥미를 잃게 되었다.

대신 연약함에 관심이 생겼다.
상처 입은 사람에게… 치유 중인 사람에게…
자신의 아픔을 매만지는 사람에게 눈길이 간다.

후레쉬맨에서 중2병 일진과 떵떵거리는 회장님을 넘어…
지금의 나는, 폭풍우 속에 핀 꽃이 되고 싶어졌다.

09

것만으로 연결되어 있는

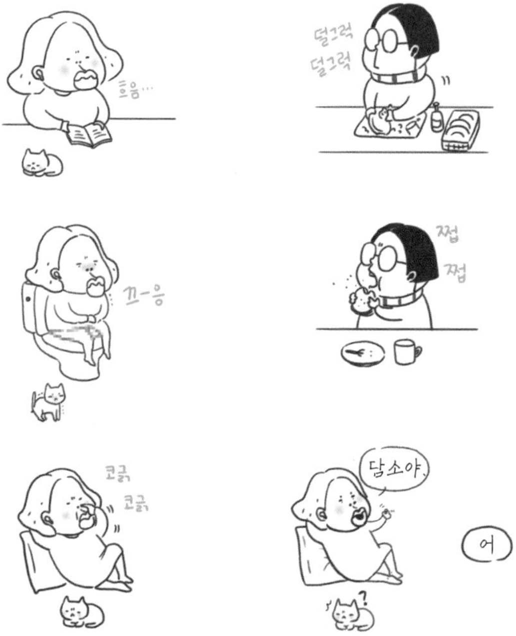

흐음…
덜그럭
덜그럭
끄-응
쩝
쩝
담소야,
어

뭐해?
휙
그냥 있어.
너네… 통화중이었냥?
소오름

왜 그럴 때 있잖아…

스르르
타닥
타닥

아무 말 없이,
그저 연결되어 있는 것만으로
안심되는 순간 말이야.

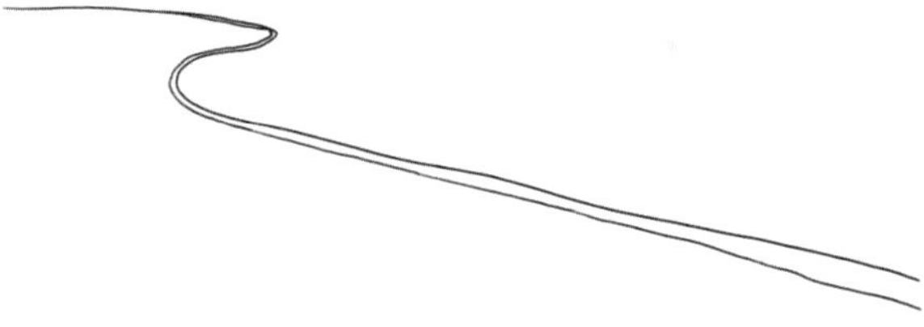

근데 말이지,

시간이 많이 지나도 내 옆에는 네가 있을 것 같아.

내가 뒤통수치고

잠수라도 타면 어쩌려고 그래?

그렇다면 네게 엄청난 이유가 있겠지.

고개를 끄덕이며 이해할 수밖에 없는 이유일 거야.

그게 아니면? ㅋㅋㅋ

것도 아니라면… 어쩔 수 없지.

너한테는 한 대쯤 맞아주지, 뭐.

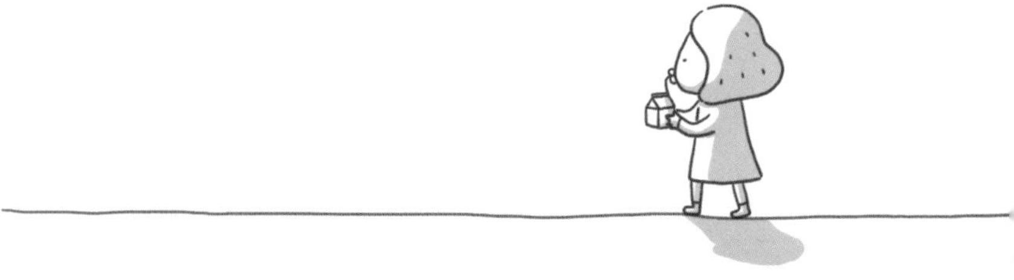

사랑하는 사람이 있음은 엄청난 자신감을 준다.

내 마음이 편평하게 널따래지는 기분이 들거든…

Chapter 4.

이렇게 정다운
너 하나, 나 하나

01

내 마음이 커질까 두렵다면

오후 5:15 오늘 저녁에 만날까?

다른 약속이 잡혀버렸어 미안... 오후 6:10

오전 7:15 어제 전화도 없구...

피곤해서 잠들어버렸네ㅠ 오전 09:10

나만 더 사랑하는 것 같아

오전 01:28 너 변했어...

관계에는 어김없이
역전의 순간이 온다.

나를 제일 사랑한다면서…
너 따위 꺼져버려!
거짓말쟁이!!!

많은 연인은 그때를
견디지 못해 금이 가고 만다.

잘해줄게.
그래 봤자 너도 변할 놈.

자꾸 두려워지고
방어하고…

내가 더 사랑하게 되면 어쩌지!!!
불안
초조
꾹
꾹

아끼고 덜어내느라 바쁘다.

그것뿐이야?
그렇다면
내 꺼도 아직…

그렇게 결국,
가장 사랑해주고픈 사람에게
가장 야박한 사람이 되어버린다.

가만 생각해 보면,

더 사랑했다고 한들 손해 보는 장사도 아닌데
뭐가 그리 아까웠나 싶다.

풀썩

차근차근 도전해 볼 과제는,
'당신보다 더 사랑해 보기'.

스르륵
스륵

두둥실
성공~

상대의 마음이 시들해진대도
서운할 일만은 아니다.

적어도 내 목표는 이룬 셈이니,
깊숙하게 차오르는 자신감을 얻었을 테다.

어린 시절은 천방지축이었다.
골목에 버려진 장롱의 비스듬한 문짝을 기어오르다
튀어나온 못이 종아리에 박혔다.
벌어진 상처에서 붉은 피가 뭉글뭉글 솟았고,
나는 사이렌처럼 큰 소리로 울음을 터뜨렸다.

첫 실연은 두말할 것 없이 아팠다.
눈물, 콧물 범벅이 되어 비운의 여주인공마냥
며칠 쓰러져 울기만 했다.

종이에 베인 실금 같은 상처부터
종아리부터 허벅지까지 뒤덮은 연갈색의 화상 자국,
서운함과 원망으로 가슴 깊이 자리한 트라우마들…

살면서 생긴 무수한 상처가 당시처럼 생생하게
아프다면 나는 미쳐버렸을 테다.

두려움에 웅크린 채
누구에게도 곁을 내어주지 못했을 테다.

열림보다는 닫힘으로

이해보다는 오해로

용기보다는 두려움으로

빛보다는 어둠으로 서서히 침잠했을 터.

자신을 지키려다

끝내, 혼자를 지키며 살았을 테다.

참으로 안도할 일은, 모든 상처는 궁극에 아문다는 것.

끝나지 않을 것 같던 아픔도 과정이었다.

그래서 우리는 다시 일어나 걷고 눈 맞추고

온기를 느끼고 쓰다듬고 연민하는

사랑의 충만함을… 삶의 풍요로움을…

여린 살갗으로 온전히 마주하며 살아간다.

02

손님
마음방

누군가 그러더라.
감정이란 손님 같은 거라고.

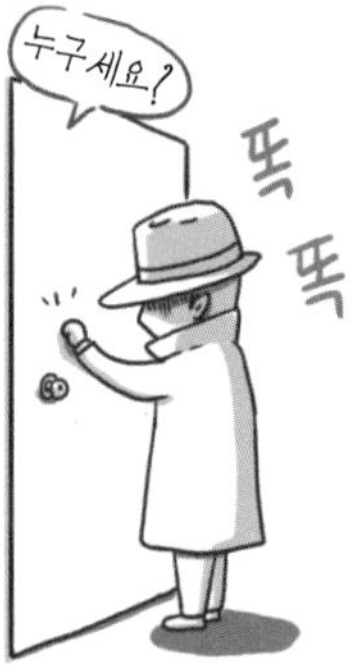
누구세요?
똑 똑

아무리 지독한 놈이 괴롭혀도

꼼짝 마!!!

길어야 반나절,
잠시 왔다 갈 손님일 뿐이라고.

나 집에 간다.
?
싱
겁
뭐야 저놈

그래서 속 시끄러울 때면…

쿵쿵쿵!!!
쾅!!
쾅!

'손님이 오셨구나. 곧 돌아가시겠지'라고
생각하면 참을 만해지더라.

드루와~
드루와~
태연
꾸에엑
우르르
쾅!
쾅!

그러니까…
지금 네 마음 방의 손님도
곧 스쳐 갈 거야…

툭…

오늘 겪은 일이 상당히 불쾌했다.
무례한 상대의 언행에 당황하여
아무 말도 못 하고 물러선 순간이 자꾸 떠오른다.

억울하다. 되짚어도 억울한 일이 맞다.
보자 보자 하니까 아주 그냥 보자기로 보이나 보다.
아무래도 한마디 쏘아붙였어야 했다.

속 시원하게 반격할 거리를 찾아 이리저리 상상해 본다.
책상을 쾅 치며 힘껏 눈을 흘길 걸 그랬나…
아니, 아니… 우악스럽고 경망스러워서는 안 된다.
나긋하지만 엄중하게… 나비처럼 날아 벌처럼 쏘는 일침으로
한 방에 제압해야 한다. 뭐가 있을까…

전쟁을 앞둔 지략가처럼 골똘히 전략을 짜맞추어 본다.
하나하나 끄집어내어 몰입할수록
자꾸 신경질이 나고 분통이 터졌다.

오늘도 잠은 다 잤다.
씩씩대며 새벽 내내 뒤척이다가
다음 날은 그런대로 좀 나아졌다.

그리고 그다음 날은 까맣게 잊었다.

*

감정만큼 호들갑스러운 놈이 또 있을까.
쓰나미처럼 휘몰아쳤다가
신기루처럼 가물가물 흩어지는 놈.

심지어 이놈은 꽤 영악하여
눈 뜨고 코 베어 가는 보이스 피싱범과도 닮았다.

금세 몸집을 부풀려 내 시야를 가리고는
사고思考가 파고들 여유를 주지 않는다.

그러면 꼼짝없이 감정에게 속고 만다.
나는 쉽게 불안해지고 두려워하며
감정이 시키는 대로 사고事故를 치고 만다.

무모한 결정을 내리거나
욱하여 성질을 내버리거나
홀린 듯이 승낙해버리거나…

일을 저지르고 시간이 흐르면
해독제를 맞은 좀비처럼 정신이 돌아온다.

어느새 감정은 자취를 감추고 휑하니 혼자 남은 나는
난장판이 된 상황을 수습하느라 허덕이다가
그놈에게 속았다며 후회를 한다.

그러고는 얼마 지나지 않아 어김없이 또 속는다.

나이를 먹고 보니, 놈의 패턴을 제법 파악하게 되었다.
녀석이 몰고 온 폭풍우 속에 갇힐 때면
좀체 끝날 것 같지 않은 지독한
지금의 감정을 의심하기 시작했다.

그리고 꾸역꾸역 시간에게 결정을 떠넘기기도 한다.
놈이 이기나 내가 이기나 겨루기를 하며
제법 승점을 따낼 때도 있다.

나는 매 순간 감정과의
엎치락뒤치락 팽팽한 승부 속에서 사는 중이다.

03

왜 화를 내
서운한데

나는 너 때문에 서운한데…

암씨롱 않아 보이는 너를 보면…

나만 속 좁은 못난이인가 싶어진다.

서운함 + 패배감

결국 화를 참지 못하고
더 못난이처럼 굴어버린다.
찌질함의 무한 루프.

꾸-엑
쿵
쿵
슬금
슬금

“서운한데 왜 화를 내?” 도무지 이해할 수 없다며 친구가 물었다.
눈물로 연민이라도 끌어내어 호소하지는 못할망정
왜 화를 내서 남은 마음조차 거두게 만드냐는 거다.

대답을 못 했다.
그럴싸한 이유를 헤집어 찾아도 역시나 어리석은 게 사실이다.
관계를 더 그르치고 혼자서 속만 상하는 몹쓸 상황을
허다하게 만들며 살아왔다.
문제는 문제다. 암만해도 고민하고 되짚어 볼 일이다.

나는 또래보다 뭐든 빨랐단다. 말도, 걸음마도, 구구단도 앞섰다.
동네 아줌마들은 엄마에게 신동을 낳았다며 바람을 넣었고…
그 덕에 우리 엄마는 세상 엄마들이 한번씩 앓는다는
‘내 자식 천재병’에 걸렸다.

무뚝뚝한 엄마는 다정한 표현에 야박했지만,
속으로는 딸에 대한 기대가 컸다.
그 딸은 투덜대면서도 곧잘 기대에 부응했다.
받아쓰기를 백점 맞아 오면, 사생대회에서 상을 받아 오면,
높은 성적을, 좋은 대학을, 큰 회사를 가면…
엄마는 대견해했고 나는 그것이 사랑이라 믿었다.

더 잘날수록, 더 많이 가질수록
엄마의 사랑을, 세상의 인정을 받을 거라고 믿었다.
잘난 척과 자랑이 버릇이 됐다.
사랑받고 싶은 사람 앞에선 더욱 심했다.
그래서 사랑받지 못하면
수준 미달 딱지라도 붙은 듯 무시당한 기분이었다.
쉽게 자존심이 상했고 파르르 화를 내기 일쑤였다.
그렇게 나는… 서운하면 화를 내는 사람이 되었나 싶다.

기대한 만큼 돌아오는 마음이 크지 않을 때,
우리는 서운함을 느낀다.
서운함은 외로움에 가깝고 서글픔과 연약함을 닮았다.
서운할 때 단단하게 화를 내는 일은 자연스럽지 않다.
오랜 세월 왜곡된 습관적인 감정일 뿐이다.
좀 더 솔직한 반응은 연약함을 내보이는 것.
차라리 아이처럼 우는 것이다.

앞으로는 담담하게 슬퍼해 볼 테다.
조금 더 곁에 있어 주기를…
충분히 나누며 다정하기를…
나긋하고 여리게 부탁도 해 볼 참이다.

04

사람으로 열렸다

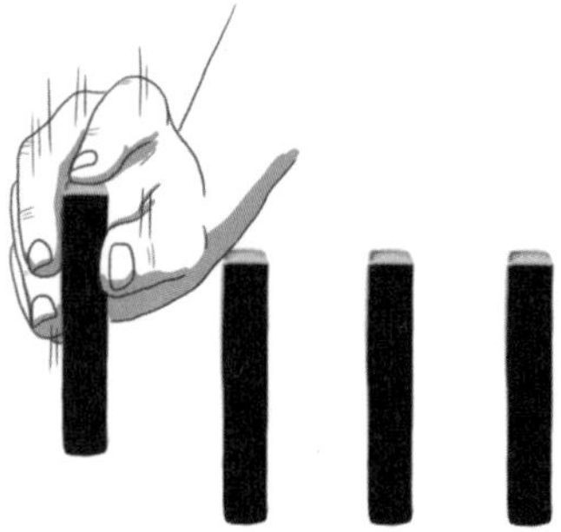

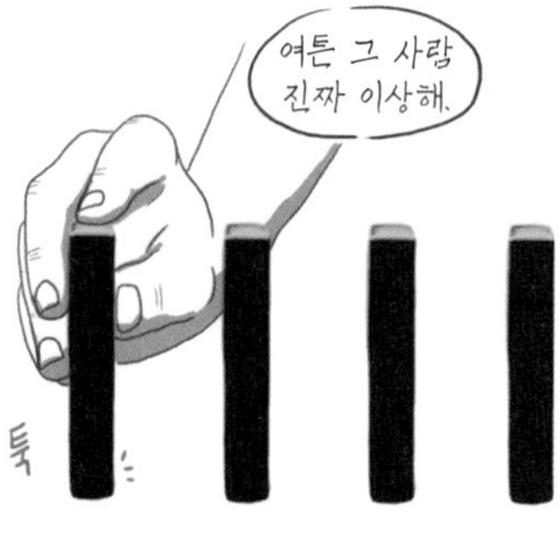
여튼 그 사람
진짜 이상해.
툭

이렇게 하면…
스윽
보통은 이런 반응이
'정상'이잖아.
도도도도
툭
글쎄…
?
확실해?

네가 보고 있는
'정상'이란 거…
확실한 거냐고.

내겐 전혀 다른
멜로디가 들리는데 말야.

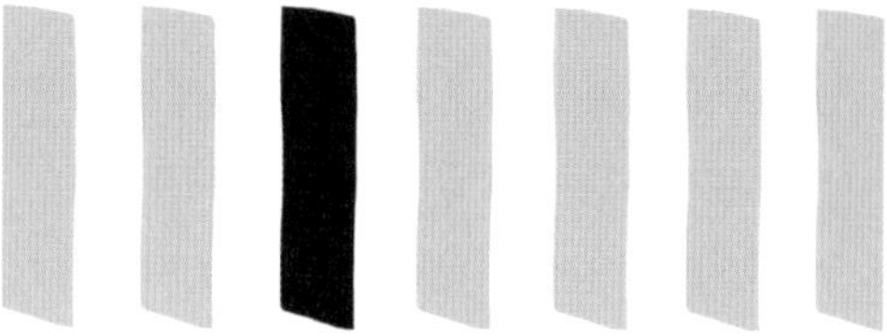

어김없이 그랬다.

의심 없이 단단했던
나의 생각은…

건너편의 사람으로 열렸다.

담소는 영국에서 늦깎이 유학 생활 중이다.

만만찮은 런던의 집세에 어쩔 수 없이 룸메이트를 구하기로 했다.

한국인을 기다리던 담소의 바람은 빗나갔다.

너무나도 생소한 모로코인이 들어왔고…

심지어 그는 간단한 단어조차 모르는 영어 문맹이었다.

그래도 명색이 룸메이트니,

마주치면 함께 식사를 하고 대화도 시도했다.

담소가 영어로 말하면 그는 꼬부랑거리는 모로코어로 화답했다.

그날로, 나와 담소의 통화에는

두 이방인의 한집살이가 심심찮은 화두로 오르내렸다.

"모로코 친구 말이야… 참 안타까워.

고향에 아들을 두고 왔는데, 너무 보고 싶은가 봐."

말 한 마디 안 통하면서

어찌 그리 속 깊은 사정까지 주고받았나 물었다.

갖가지 표정과 손짓, 발짓 닥치는 대로 휘둘렀다고 했다.

그걸 알아듣는 자신도 희한하다고…

외계어를 쓰는 룸메이트를 만나
큰일이라던 투덜거림이 무색하게…
둘은 빠르게 영혼의(?) 단짝이 되었고,
각자의 모국어로 통화하는 지경에까지 이르렀다.

깔깔대며 담소의 이야기를 들으면서도 속은 어수선해졌다.

누군가 사랑의 조건을 물으면 나는 주저 없이 답하곤 했다.
"첫째는 대화지!"
사랑을 하려면 서로를 알아야 하고…
그러려면 구구절절 말이 통해야 한다고도 했다.

에리히 프롬의 〈사랑의 기술〉 구절까지
줄줄이 읊으며 열변을 늘어놓았다.

어릴 때부터 말싸움으로 골목 대장쯤은 먹었으니,
내 주장이 꺾일 만큼 그럴싸한 반박도 듣지 못했다.

그럴수록 의기양양해져 대화만큼 중요한 게 없다고 단언하며 인증 마크라도 받은 양 완고하게 굴었다.

사랑하는 사람에게는 더욱 엄격했다.
끝까지 말로 풀어 보자며 매달렸고…
지쳐 나가떨어지는 상대에게는
사랑할 자격이 없다며 고개를 젓기도 했다.

기억을 더듬을수록 낯이 뜨거워졌다.
단단하던 생각에 오도독, 금이 가기 시작했다.

그간 내가 집착하던 대화는
수많은 대화 중 극히 일부, '언어의 교류'였다.

한국인과 모로코인은 언어 없이도 완벽한 대화를 했다.

흔들리는 눈빛… 목소리의 떨림과 높낮이…
까딱거리는 손가락… 잘근거리는 입술…
미간의 주름… 슬그머니 풀리는 광대의 근육…
나지막한 들숨과 날숨의 템포…
눈에 보이지 않는 둘 사이의 기류까지…
서로를 관찰하고 느끼며 충분한 결을 나누었다.

그간 나는 대화! 대화를 강조하며
말소리에만 집중하느라 상대가 뿜어내는
수많은 신호를 놓쳤는지 모른다.

정말 그렇다… 사랑의 조건이 ‘언어의 교류’라면,
나의 반려묘를 사랑할 수 없어야 맞다.

매일 밤 고양이를 끌어안은 채, 핑크빛 귀에다 대고
사랑을 고백하던 마음은 무엇이었나.

정말 사랑의 조건이 ‘언어의 교류’라면,
이 모순을 어떻게 설명할래…

끝없이 말로 사랑해 보자라는
내 지난한 인내심 테스트에 시달렸을,
사랑하는 이들의 얼굴이 스쳤고…
나는 할 말을 잃었다.

05

말을 믿을 수 있나요

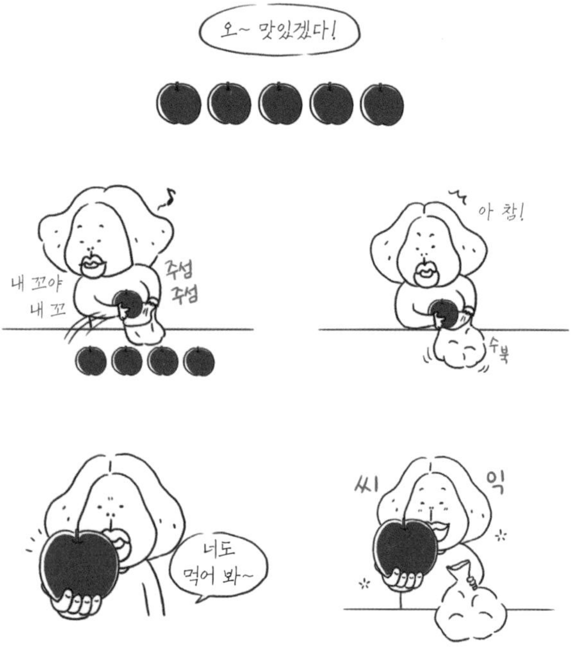
오~ 맛있겠다!
내 꼬야 내 꼬
주섬 주섬
아 참!
수북
너도 먹어 봐~
씨익

난 배려심이 많은 사람이야.

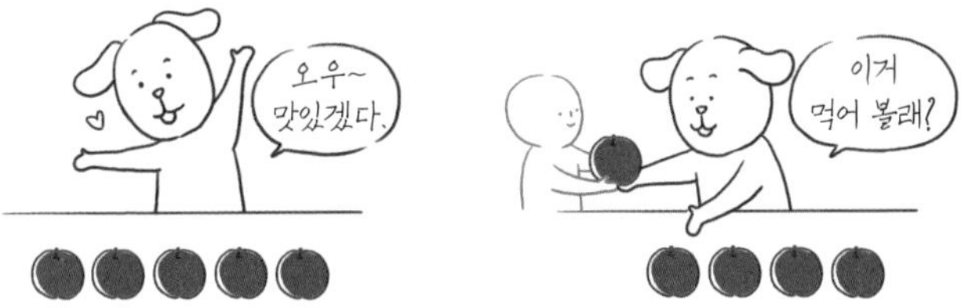

오우~ 맛있겠다.
이거 먹어 볼래?

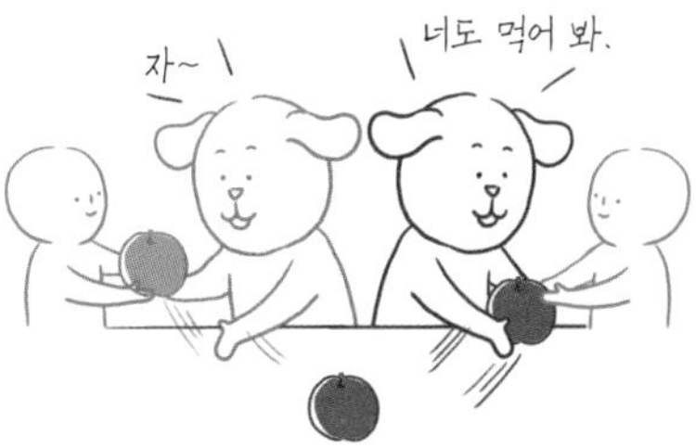

자~
너도 먹어 봐.

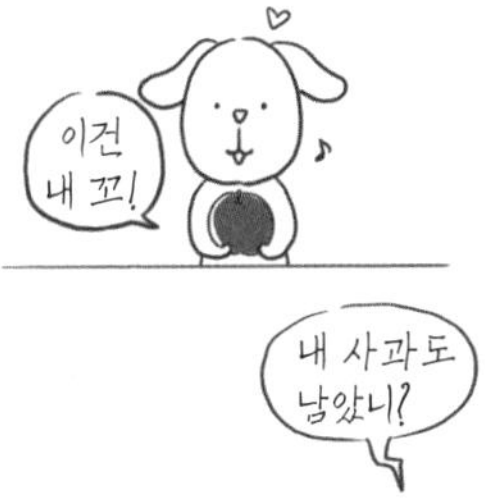

이건 내 꺼!
내 사과도 남았니?

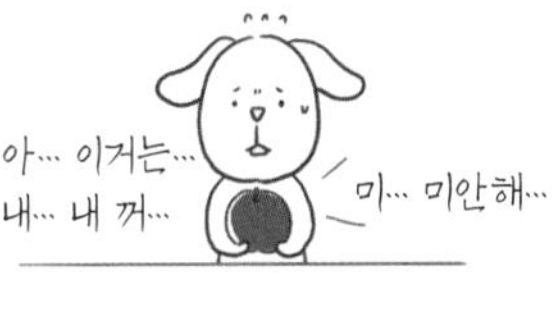

아… 이거는… 내… 내 꺼…
미… 미안해…

난 이기적인 사람이야.

박사 친구가 있다.
그는 학창 시절 전교 일등을 놓치지 않았다.

대학에 가서도 꾸준했다.
대학원을 가고, 논문을 쓰고…
내가 아는 그는 주야장천 도서관에 있었다.

최근 소식도 여전했다.
주말에도 꾸준히 연구실 출근 도장을 찍는 중이라고 했다.

전생에 일하다 죽은 귀신이 붙었나 싶은 그는
자주 한숨을 쉬며 말했다.

"나는 너무 게으른 사람이야."

내가 아는 또 다른 친구,
주위 사람들한테 넉넉하게
마음 쓸 줄 아는… 누가 봐도 좋은 사람.

주위 사람들은 죄다 그녀를 착하다고 하지만
그녀는 자신을 '이기적'이라고 말했다.

반면 꽤나 쌀쌀맞고 야박해 보이는 친구는
스스로에게 굉장히 후한 평을 준다.

우리가 사용하는 언어는 소리만 같을 뿐,
저마다 다른 기준 아래 사용되고 있다.

그래서 더더욱 말이란, 믿을 게 못 된다.

누군가를 알려면 피곤한 길밖에 없다.
느릿하고 치열하게 함께 부대끼는 것.
오롯이 내 시선으로 오래도록 관찰하는 것.

더 좋은 수가 있다면 누구라도 알려주길 바란다.
내가 찾은 방법은 아직까진 이것뿐.
꼼수를 부리고 싶어도 도리가 없다.

06

충고와 결

하아…
내가 잘 해낼 수 있을까?
꼴꼴꼴
차근차근 하나씩 해 보는 수밖에…

그래… 문제 생기면 그때 다시 고민해 봐야지.
휴우…
꼴꼴

쨍-
같이하자.
호로록
그때도 곁에 있을 거니까
같이 고민하자고.
아…
여기요~
김치전 추가요!

어디서 들은 건데…
"이렇게 해!"라고 하는 사람보다

오~
김치전
나왔습니다.

"같이해 보자"라고 말하는
사람 곁에 있으라고 하더라.

쭈욱
꾹!

그 말, 정말이더라고…

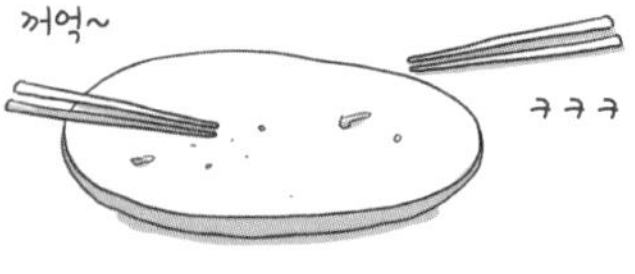
꺼억~
ㅋㅋㅋ

우리는 충고와 조언을 남발한다.
“이렇게 해라. 저렇게 해 봐라.”

마주 앉은 사람의 불안과 두려움,
그의 여력이나 마음 따위는 안중에 없다.

큰 도움이라도 주는 양
뿌듯해하며 떠들어대기 바쁘다.

똑똑한 사람은 충분히 많다.
사방팔방에 온갖 전문가가 쓴 책들…
인터넷만 뒤적거려도 그럴싸한 답은 널리고 넘친다.

지금 마주하고 앉은 사람은
‘답’을 찾는 중인가, ‘결’이 필요한 건가?

나는 충고와 결 중 무엇을 주려고 하는가?

잊을 만하면 또, 다시…
자꾸 염두해 볼 일이다.

07

지금도 빛나고 있습니다

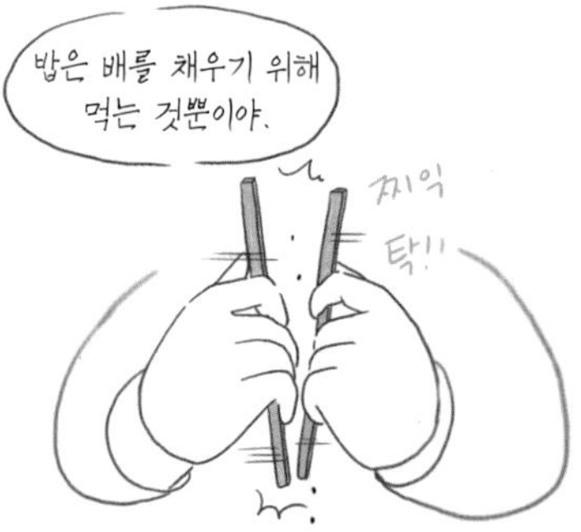
밥은 배를 채우기 위해 먹는 것뿐이야.
찌익
탁!!

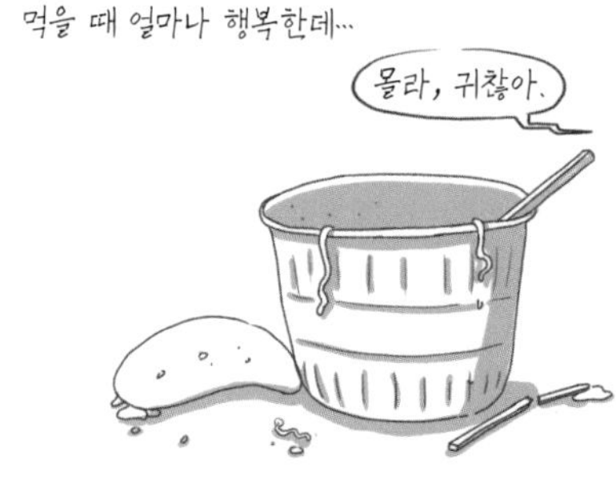
먹을 때 얼마나 행복한데...
몰라, 귀찮아.

돈 벌기 위해 일하는 거지.

일할 때 행복하지 않겠구나.
탁!
말이라고 하냐.
지겹다, 지겨워!

결혼하기 위해 사랑할 거야.
MARRY ME

사랑할 때도 행복하지 않겠구나.
MARRY ME
뭐, 이새X야??
툭!!!

우리는 자주 목적에 집중한다.
그리고 목적을 위해 수단과 도구를 사용한다.

그건 아니지 인마!
저주하냐? 엉?

온 마음이 목적을 향하는 동안
도구는 시시한 취급을 받기 마련이다.

그래서 목적을 위한 삶은 도구처럼
생기 없어 보였나 보다.

반짝이고 있는 '지금'을 볼 수 없을 테니까…

버려 둔 화분에 풀이 자랐다.
바람에 날린 씨앗이 안착했나…
뭔들 관심 없다. 태생을 알 길 없는 그냥 잡초다.
무신경한 발길질로 누렇게 물때가 낀 화분을
모퉁이에 밀어 두었다.

비싼 화초들은 애지중지했다.
볕이 환한 곳으로 옮겨 놓고
잎사귀를 살피고 흙에 손가락을 찔러 습도를 체크했다.

화초마다 두세 바가지씩 듬뿍 물을 주고 남으면
생색이라도 내듯 잡초에 나머지를 털어 넣었다.

여느 때처럼 화초들을 살피는데
그늘진 구석에서 전구알 같은 파란빛이 반짝,
눈길을 끌었다.

다가가 유심히 살펴보니,
낡은 화분 위로 삐죽 솟은 잡초 끝에
통통한 꽃봉오리들이 맺혔다.

찢어질 듯 여린 꽃잎들은
야무지게 청명한 빛을 내뿜고 있었다.

나는 호들갑을 떨며 사진을 찍고 한참을 구경했다.
녀석에게 이토록 오래 찬찬히 관심을 준 적이 처음이다.

예상치 못한 선물이 기특하고 고맙다가
그간의 무심함이 미안해졌다.

*

삶은 종종 앙큼한 구석이 있다.
미처 마음 쓰지 못했던 일,
소식 없던 지인의 연락이나
버려 둔 화분에 보너스 같은 기쁨을 감춰 둔다.

그 찰나의 반짝임이 고마워서
지루하고 시시한 매일을 살아갈 힘을 낸다.

어쩐지 경건한 마음이 되어
슬그머니 화분을 끌어다가 볕 가까이로 옮겨 두었다.

쉼에 도전해 봐

헉
헉 헉
타닥
탁
휴직하고 쉬고 싶은데 그럴 수가 없어.
왜?
불안해서…
뭐가?
그간 노력한 것들을 내려놓기가 두려워.
쉬려면 용기가 필요하겠네?
응, 그런 셈이지.
그렇다면 내려놓는 게 아니야.
?

멈칫
'도전'하는 거지.
헉
헉
새로운 시도를 하려니
두려운 게 당연해.
용감하게 '쉼'에 도전해 봐.
내려놓는 게 아니라…
더 넓어지는 걸 거야.

08

일상의 수행자

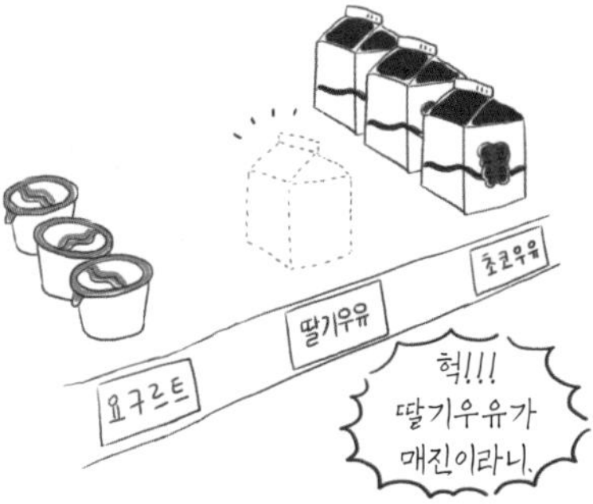
초코우유
딸기우유
요구르트
헉!!!
딸기우유가
매진이라니.

충격
괘… 괜찮아?
큰일이군!
딸기우유
마니아인데…

괜찮아~
딸기우유 안 먹으면
살은 안 찌니까 다행이지, 뭐.
와앙-
근데 그
초코빵 무엇?
어떤 일이든 좋은 점을
찾으면 안정이 되더라고.
쩝
쩝
오~

암만 생각해도
좋은 점이 없을 때는?
예를 들어 불합격 통보나
억울한 상황에 처한다거나…

씽긋
그럴 때는 이번 일로
성장하겠구나
생각하면 참아 볼 만해.
세상만사
나쁘기만 한
일은 없다네.

보이지 않는 것들을 긁어모으는 중이다.
사랑과 행복의 정의라든가…
욕망을 다듬는 지혜 같은 것들 말이다.

이 난해한 것들을 정리하지 않고는
도무지 혼란스러워 한 치 앞을 내디딜 수 없는 지경에 이르러서야
어질러진 내면에 눈길을 주기 시작했다.
이 나이 먹고 이제야 허둥대는 꼴이
한참 뒤처졌나 싶다가 아닌 것 같기도 하고…
어차피 눈에 띄지 않으니 남과 비교할 수도 없는 노릇이다.

어쨌든 일찌감치 서둘렀으면
그간의 삶이 더 산뜻했을 텐데 하는 아쉬움은 있다.

성적이나 실적처럼, 생산적인 기술을 배울 만한 곳은 많다.
백과사전부터 시험 족보, 족집게 강의…
잘 차려진 밥상이 여기저기 잔뜩이다.

그렇지만 내면의 기술을 배우기란 쉽지 않다.

똑똑하다면 둘째가라는 지인들에게 물어도

생경하다는 반응이거나 잡생각이 많다는 핀잔을 듣는 걸 보면,
인기 과목이 아닌 것만은 확실하다.

스승을 찾으려고 해도 좀체 드러나지 않으니
숨은 고수를 알아볼 방도도 없다.

그렇다고 대뜸 허무맹랑한 질문을 던졌다가는
남의 속을 캐묻는 주제넘은 사람 취급을 당하거나
도를 아시냐고 묻는 진기한 사람으로 낙인찍히기 십상이다.

산발적으로 흩어진 지혜들을 모으기 위해서는
남몰래 안테나를 세워 천천히 탐색하는 수밖에…

*

어느 지인의 입버릇은 '나무아미타불'이다.
시도 때도 없이 중얼대기에 날을 잡고 물으니, 불자는 아니란다.
그저 감정을 다스리는 주문 같은 거라고 했다.

놀라거나 불안이 치밀었을 때,
갑작스레 솟은 감정이

내려앉는 시간을 벌 요량으로 만든 버릇이란다.
음절 수가 적당하면서 입에 붙는 말을 찾다 보니
'나무아미타불 관세음보살'이 제격이라고 했다.

또 다른 관찰 대상은 같은 팀의 선배였다.
그의 열정은 쉽게 그를 답답하게 만드나 보다.
회의 중 논제를 벗어난 설전이 오가면
벌겋게 열이 오른 그의 얼굴을 심심찮게 볼 수 있었다.

어느 날부터 선배는 지리멸렬한 회의 중에
검지를 세워 반대편 손바닥을 꾹꾹 눌렀다.
흥분을 가라앉히는 지압법이랬다.

코드가 맞는 책에서 우연찮은 기술을 발견하기도 했다.
유병록 작가는 짜증과 마주치면,
마시멜로 사탕을 어금니로 꼭꼭 씹어 달랜다고 했다.
'짜증 사탕'이라는 귀여운 작명에 피식 웃음이 흘렀다.

재즈를 듣거나 명상을 하거나…
바람에 날리는 나뭇결을 보며 하루를 정리하는 사람도 있었다.

각자의 방식으로 고군분투 중인
일상의 수행자들을 만나면,
저 멀리 등불처럼 반갑다.
누군가의 희뜩한 지혜는
유심히 봐 두었다가 써먹어 보기도 한다.

그러다가 에라, 모르겠다 막 나가고 싶은 날이면
“마음에도 근육이 있다”라는 말을 읊조렸다.
무던히 단련하다 보면 언젠가는 거뜬한 날이 오겠지…
하는 자기 위로도 해 가면서 말이다.

이토록 길고 지난한 코스는 꼭 마라톤을 닮았다.
어쩌면 평생이 걸릴지 모를 매머드급 레이스지만,
알아주는 관중과 카메라맨도 없다.

고요한 마라톤에 참가한 보이지 않는 수행자들은
각자의 호흡과 주폭으로 묵묵히 달릴 뿐이다.

결승점에 서 있는 빛처럼 환한 자신을 향해서…

09

아이는 매일을 여행하듯 산다

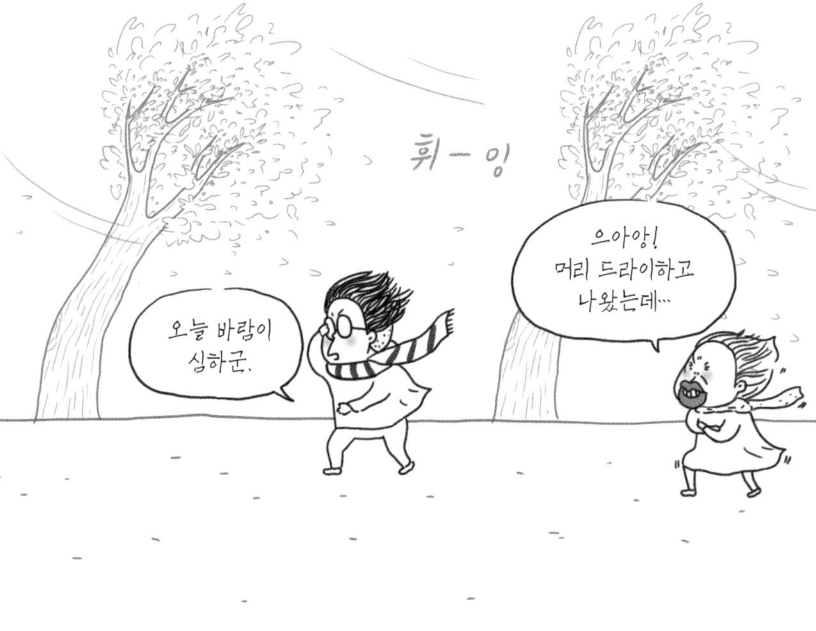
휘ㅡ잉
오늘 바람이 심하군.
으아앙! 머리 드라이하고 나왔는데…

우와~
ㅋㅋㅋ
나무들이
춤춘다!
날아가자.
까르르
슈퍼맨!!!
ㅋㅋㅋㅋ

무료한 요즘이다.
아무 일 없는 삶에 권태가 왔다.

묵혀 둔 쓰레기를 버리려는데 봉투가 동이 났다.
느슨하게 해진 고무줄 트레이닝 팬츠를 끄집어 입고
늙은 코끼리처럼 느릿느릿 편의점으로 향했다.

나온 김에 더 필요한 게 있으려나
주전부리를 찾아 선반을 기웃거리는데
까르르 웃음소리에 마음이 쫑긋해졌다.

고개를 빼어 보니 예닐곱 살쯤 되어 보이는 여자아이가
재잘거리며 주인 아저씨와 대화 중이다.

'저 나이에 보기 드문 넉살이군.'

계산을 하고 주섬주섬 물건을 챙기는데
아이가 양손을 배꼽에 얹더니
아저씨를 향해 허리 숙여 큰 목소리로 인사를 하고 나갔다.
그 모습이 기특해서 입꼬리가 실룩했다.

운 좋게도 앞서가는 아이와 방향이 같다.
꼬마를 더 관찰할 기회가 생겨 설풋 반갑기도 했다.

아이는 발목까지 내려오는 커다란 봉투가 버거운지
연신 팔을 바꾸어 봉투를 들었다 놓았다 했다.
아이를 추월하고 싶지 않아 보폭을 줄여 느지막이 걸었다.

깡총대며 뛰듯이 걷던 아이는
걸음을 멈추어 담벼락을 올려다봤다.
무언가를 찾는 듯 두리번대며 까치발로 건너편을 넘어 보다가
냉큼 허리를 숙여 주차된 트럭 아래를 살폈다.

그 행동이 요상하여 나는 걸음을 더욱 늦췄다.
아이는 트럭 밑에서 친구라도 만난 듯 반갑게 소리를 쳤다.
“안녕!!!”

덩달아 자세를 낮추어 아래를 보다
뚱뚱한 노란 고양이와 눈이 마주쳤다.
고양이는 잠시 놀란 표정을 짓더니
대수롭지 않다는 듯 자세를 고쳐 앉았다.

아이는 다시 걸음을 옮겼다.

화단에 핀 진홍색 꽃잎을 만지작거렸고…

알아들을 수 없는 노래를 흥얼거리기도 했다.

그 좁은 골목을 갈지자로 누비며 참으로 바빠 보였다.

무서운 세상이라 하니,

아무래도 어른이 아이를 쫓는 일이 무례한 것 같아,

이쯤에서 관심을 내려놓고 꼬마를 앞지르려 속도를 냈다.

지나치는 순간 곁눈질로 흘깃 보니

봉투를 쥔 손톱마다 조악한 보석 스티커가 붙었다.

그 반짝이는 작은 손톱이 귀여워 또 한 번 미소가 났다.

편의점에서 집까지…

지루하기 짝이 없는 골목길.

매일 죽어가는 코끼리마냥 습관처럼 오가는 그 짧은 길 위에서

아이는 고양이와 인사하고 봄꽃도 구경했다.

문득 어린 시절이 떠올랐다.

개미집을 구경하느라 학원에 늦었던 기억.

한참을 쭈그려 앉아,

시멘트 사이에 낀 이끼를 손톱으로 긁다가
엄마의 잔소리를 들었던 기억.
동네 개들이 잘 있는지 하루가 멀다고 순찰을 돌았던 기억들…

그러고 보면 어릴 적엔 인생이 재미없다고 느껴 본 적이 없었다.
세상천지를 낯설게 구경하고 흠뻑 느끼느라
지루할 겨를이 없었다.

아이들은 아무 일 없는 매일을 여행하듯 사는가 보다.
그리고 우리는 누구나 여행자였던 시절이 있었다.

10

너의 흐름

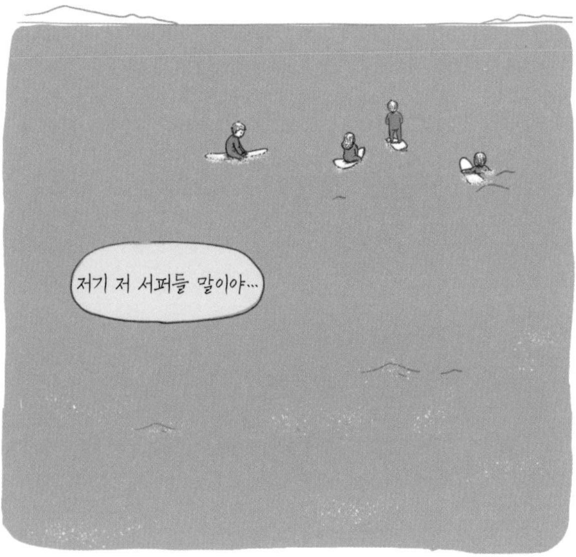
저기 저 서퍼들 말이야…

자신의 파도를
기다리는 중이야.
쏴아아—

실망스럽게 시시한 파도도,
겁나도록 거친 파도도 있겠지.

그러다가 그럴싸한
파도가 오면
그때, 딱!!! 멋들어지게
박차고 올라타는 거지.
척!!!

휙
휙
그리고 신나게
파도를 즐기는 거야.

좌-아-
물살을 가르며
속도를 내고.

물보라를 일으키며
전진! 전진!!

그리고 그 파도가 지나면
또 한참을 지루하게 기다려.
스르륵
실망하기도 하고
겁도 내면서…

풀썩

운명도 파도 같은 거 아닐까.
수평선 너머의 물결처럼 도무지 알 도리가 없잖아.

그러니까 우린 그저 저기 저 서퍼처럼
사는 게 맞을지 몰라.

오오~
와~

내게 꼭 맞는 파도를 기다리면서…
밀려오는 파도에 춤추듯 살면 돼.
조바심 낼 것 없어.

열 살쯤 바다에 빠진 적이 있다.
사촌 언니와 손을 잡고 파도 속으로 발을 디뎠는데,
느닷없이 큰 너울이 우리를 덮쳤다.
허우적거려도 발에 닿는 것이 없었다.

나는 온 힘을 다해 팔로 언니의 목을 휘감아 매달렸다.
수면 아래로 위로… 몇 번을 오간 듯하고…
저 멀리 정신없이 달려오는 어른들의 모습이
물결처럼 아득했고…
그러고는… 끊어진 테이프처럼 기억이 없다.

이어진 기억은 무릎에 쓸리는 모래,
덜미를 잡고 끌어올리는 삼촌,
사촌 언니의 캑캑거리는 기침 소리였다.

그날 저녁, 삼촌은
물 속에서 사람을 끌어당긴다는 물귀신 얘기를 하며
내가 물귀신이라는 농을 했다.
민망해져 웃었지만 찝찝했다.
저 살자고 남을 붙든 내가 마음에 들지 않았다.

어른이 되어서도 그랬다.
불안에 빠져 겁을 먹으면 으레 물귀신처럼 굴었다.
남의 사정을 볼 여유는커녕,
상대를 붙들고 허우적대기 십상이었다.

내가 죽게 생겼는데
한번 도와주는 게 대수냐며 뻔뻔하게 굴기도 했다.

불안한 사람은 이기적이다.

터질 듯한 불안을 부둥켜안고 종종거리는 사람은
늘, 매일같이 이기적이다.
그런 그의 곁은 늘, 매번 지친다.

사랑하며 살려면 배워야 한다.
불안을 바라보는 태연함을,
불안에 맞설 용기를, 불안을 다스리는 지혜를.

급할 것 없다.
천천히 그리고 파랗게… 헤엄쳐 나아가길 바랄 뿐이다.
그리고 어쩌면 나는, 꼭 그렇게 살아낼 것 같다.

일단 좀 울고 시작할게요!

1판 1쇄 인쇄 2023년 3월 12일
1판 1쇄 발행 2023년 3월 30일

지은이 달다
펴낸이 김수연
마케팅·영업 김수현
교정 김미경
디자인 엘리펀트스위밍

펴낸곳 도서출판 다크호스
출판신고 제2022-000189호
주소 경기도 고양시 일산서구 대산로 123 현대플라자 3층
전화 070-8983-5827
팩스 0504-254-6022
전자우편 wasabi757@naver.com